月色　朦胧

程青　著

目 录

阳台上的鳗鱼

1

那年冬天北京冷得特别早，十月中旬已经要穿羽绒服了。特别是刮风的日子，又冷又干，不管待在屋里还是屋外都是透心凉。我从温暖湿润的南方过来做北漂，天气成了第一个考验。

原本我打算过了冬天再出来，但莺莺姐、婉儿和陆岩他们几个催得太紧了，说他们都到了，就等我一个。制片人霖哥也每天打电话发微信，说人码齐了就好开工写剧本了，现在是三缺一，老朋友嘛，一个不能少。我却不过情面，也却不过情义，还有一个私人原因，我和继母闹得很僵，跟她带过来的妹妹也相互看不顺眼，老是别别扭扭的。她们俩是一条线上的也就不说了，我跟爸爸的关系也变得紧张起来，我发现他越来越没有原则，时常偏向她们母女俩，有时候干脆彻底倒向她们，我都闹不清楚他到底还是不是我的爸爸，所以我也不想在那个家里待着了，也不是我不想待，是真待不下去了。有一天，我心情烦闷，一个人在外面漫无头绪地走，太阳照在头上火辣辣的，我忽然想明白兴许他们也很不情愿我待在家里，他们三个才是真正的一家人。就是那一念之间，我决定立刻北上。

莺莺姐和婉儿邀请我去跟她们挤一挤，她们和另外一对情侣在东五环边上合租了一个两居室的公寓。我觉得三个人住一个房间实在太拥挤了，而且和陌生的情侣住一起也不方便，我谢绝了她们的好意，自己在网上找房。

出租的房子很多，找起来却像大海捞针一般。要么大小不合适，要么价钱不合适，要么地段不合适，好容易都勉强合适了，租期又太长。我不知道霖哥的这个活儿多长时间能完成，也不知道做完这个还接不接得着下一个，而且更加不能确定的是我有没有耐心在人生地不熟的北京待下去。我对自己还是很了解的，没啥能耐不说，还娇气，做事凭兴趣，受不得委屈，有时倔劲一上来不肯将就。妈妈总说是爸爸惯得我一身毛病，现在爸爸不惯我了，可我身上的毛病一点没好。

我手机上下载了各种租房APP，那一阵我就像上瘾一般有事没事刷一刷。一天半夜，从睡梦中醒来，我随手点开一个租房软件，竟然搜到了一套看上去很不错的一居室，租期可长可短，地点离莺莺姐和婉儿她们不远，价钱合理，比我的预算还低，关键是装修得赏心悦目，从图片看，格调、色彩以及配的家具和摆设都是我喜欢的。次日，我打电话联系了经纪人，毫不犹豫付了定金。

到北京的第一天，在房产中介公司我见到了房东孙智达。孙先生四十几岁的样子，中等偏高的个子，微胖，圆脸，大眼睛，厚嘴唇，给人一种踏实可靠的印象。和他一起来的是一位烫着半长鬈发皮肤微黑的女士，看上去比他年轻一些，我想当然地认为他们是两口子。

坐下签合同之前，孙先生和我随意交谈了几句。他未语先笑，说刚才看见我走进来就很高兴，他就想把房子租给一个女孩，因为这是他们女儿的闺房，装修好不久孩子就出国留学去了，房子没怎么住，还是崭新的呢。我一听也特别高兴，这么说我的运气真是很好。

价钱我就按网上约定的支付，孙先生似乎在等我砍价，但我没有，因为这个价钱要得并不算高。中介小伙子把合同拿来给我们签，是事先印好的制式合同，对租金的约定是押一付三。孙先生对我说：“这样您看好不好，不用押一付三，您住一个月就付一个月的租金，如果住不满一个月，租金算不算的也没关系。”

“那不可以。”我认真地说，“我会按合同付的，谢谢您不要求押一付三，这样我手头可以宽裕点，不过至少也是要押一付一的。”我跟他开玩笑说：“要不我跑了怎么办?”

中介小伙子听了笑起来，说：“人家都是为自己的利益争得面红耳赤，你们倒好，这么谦让，话都是替对方说，我干了好几年还没见到过。”

孙先生用玩笑的口气对我说：“那没事，您也不会把房子带走吧。”

他对我一直称“您”，说话的方式像个地道的北京人，但他咬字特别清晰，和北京人舌头上轻轻一卷的发音方式不太一样。他问我是从什么地方来的，我也顺口问了他一句，他说他是南京人，不过已经在北京生活几十年了。

“你们彼此还有什么要求都当面说清楚。”中介小伙子叮嘱我们。

“本来还想说拜托您爱护这个房子，见到您觉得不必说了。”孙先生笑着说。

我说：“您放心，我会比对自己的房子还要爱惜的。”

走出房产公司，孙先生向我介绍那位和他一起的女士。“她是我同事，叫宋淑雅。”他就像顺口提起似的说，“一会儿我们还要出去，今天我车限号，搭她的车。”

他们带我去物业办登记手续，然后领我去新租的房子。房子果然十分理想，除了非常新，还特别干净，真是纤尘不染。客厅里有小巧的写字桌和柔软的长沙发；厨房里锅碗瓢盆一应俱全，都是颜值很高的那种，灶台和油烟机看着就像是从来没有用过，还能闻到新物的气味；洗手间是干湿分离的，淋浴间的玻璃罩明亮剔透，没有一点水渍，水池和马桶样式时髦美观，同样是十分清洁。整套房子比我想象的还好。孙先生打开厅里的窗户通风，正是夕阳西下时分，金灿灿的阳光从玻璃上反射进来，房间里相当明亮。他站在窗户前，指着对面一座高高的塔楼对我说："我就住在那边的小区，您看顶层那个挂着蓝色窗帘的就是我家，走路几分钟就到。"

正说着，宋淑雅走过来轻声问他："塑料袋在哪儿？"

他顶多顿了一秒便反应过来她要的是垃圾袋。他指了一下进门处挂衣架下面的小柜子，她打开取出颜色不同的垃圾袋，套在垃圾桶上，我明白这是为了垃圾分类。

看她细心周到如同主人一般，尤其是和孙先生很有默契的样子，我下意识地想到他们的关系恐怕不仅仅是同事那么简单。这个念头也就是一闪而过，我自然没有多管闲事的意思。

孙先生问我："您刚搬来，需不需要去超市买点东西啥的？正好有车，带您过去很方便。"

我谢了他，说不用，我可以在网上下单。

临走前他说："电和燃气我都充了，回头我把电卡和燃气卡给您送过来。"

我说："您把电卡给我就好，我不做饭的。"

第二天下午，门上响起很轻的敲门声，是孙先生来送电卡和燃气卡，跟他一同来的还有他太太。

他太太和他差不多年纪，她身材娇小，长相清秀，头发剪得短短的，戴着硕大得有点乍眼的耳环，能明显看出眼圈有文过的痕迹，细白的皮肤有一些晒斑和皱纹，一开口说话却带着一种妩媚和娇气。她自我介绍说叫潘晓芬，笑嘻嘻地对我说叫阿姨还是叫姐随便。她带来了蒸香肠和酱肘子，十分热情地说："都是我自己做的，也不知合不合你口味，你尝尝，喜欢的话再给你拿。"

她对我称"你"，有股子自来熟的劲头，让我觉得很亲切。

她和孙先生上次来一样，也站到窗户前，指着前面的高楼说："你看，那是我们家，挂蓝窗帘的，离你不远，哪天请你过去认认门。"又说："当初给女儿买这个房子就是看中离得近，人家说父母和孩子隔着'一碗汤'的距离最好，就是说端碗汤过去还不凉，这样相互不会烦，彼此照顾起来又方便。"

她一脸很幸福的笑容。

孙先生也笑，也是非常知足的样子。

2

外面秋雨绵绵，房间里倒是温暖如春。霖哥给我们开了电暖气，又亲手给我们煮了香喷喷的咖啡，他用一种夸张的既讨好又鼓励的口气对我们四个说："你们都是我眼里年轻有为前途无量的好编剧，有劳各位大驾，多下功夫多费心，咱们整个爆燃的，好好放它一把烟花。"

之前我们和霖哥合作过，不过是很小的合作，也没拿到什么钱，那还是在他发达以前。如今他已是大制片人了，虽然可能还算不上呼风唤雨的人物，但在行内也有相当的知名度和影响力，他手上掌握的资源也是今非昔比。

霖哥给我们出的题目是写一部缠绵悱恻的爱情电影。“我的梦想就是能拍一部传世佳作——”他带着梦幻般的神情说，“爱情无疑是最美好最打动人心的。”

我们四个却是十分雷同的小心翼翼的表情。

“我特别盼望你们能写出像《卡萨布兰卡》《魂断蓝桥》《罗马假日》《泰坦尼克号》那样的影片，《乱世佳人》《蒂凡尼的早餐》《廊桥遗梦》当然也是极好的。怎么样，各位有信心没？”他用激动和欢悦的口气透露说，“这回咱们不是戏等钱，而是钱等戏。”

可是我们却一点都激动和欢悦不起来。

莺莺姐说：“你说的这些都是影史上的经典，哪里是说写就能写得出来的？别说我们了，就是让原作者再来一遍怕也难做到。”

婉儿十分干脆地说：“我写不了爱情，我连正经的恋爱还没谈过呢。”

霖哥说："你们要相信自己，也要相信这个团队，关键是要相信爱情。"他又说："艺术创作是虚构，并不需要事事亲历。"

陆岩叹气说："我倒是相信爱情，也相信我们这个团队，且谈过恋爱，但可能是我运气不太好，从来没遇到过电影里那种超凡脱俗的爱情，我的恋爱不管谈成谈不成，谈来谈去都是一地鸡毛。我和现任女朋友已经讲好下个月结婚，钻戒和婚纱买好了，酒席预订了，亲朋好友的请柬也发出去了，她忽然跟我提出要三十万的彩礼钱，现在我被这块大石头压得喘不过气来。"

我们对他表示同情。

我说："我愿意写爱情，但我不知道怎么能写好，我最大的问题是缺乏生活。"

霖哥笑着说："你们不要上来就先给我摆一堆困难，还是那句话，没有条件我们创造条件也要上。"他转向我说："所以呢，就是要多观察生活，多体验生活，多深入生活。"

他说话的腔调特有领导的范儿。

我们都说霖哥讲得没错，可是我们各有各的难处。

我们七嘴八舌，自揭伤疤，轻而易举就把剧本会开成了诉苦会。

莺莺姐说她之前确实存在爱情焦虑，生怕一生遇不到一个相爱的人；遇到之后便是婚姻焦虑，担心人家不跟她结婚；现在又遇到生育焦虑，不是生两个还是三个的事儿，而是生一个都很困难。“不瞒你们说，我做过两次试管了，都失败了，身体上受的折磨就不说了，心理上也受到很大的打击。我想不通别人唾手可得的，到我这里怎么就那么难？可是我还是不死心，我在犹豫要不要做第三次。做不做对我来说都是个非常艰难的选择。”

婉儿说她特别羡慕那些找到自己另一半的人。她苦笑着说：“去年我姑给我介绍了一个对象，我们之间不冷不热的，想热热不起来那种。我跟他说，你说我们是继续相处还是分了算了，他说都行。他这个态度，我知道没啥大戏，再往下聊恐怕也就是一块鸡肋。我说那就算了，不要耽误我了。他说你都二十八了，我能耽误你什么呀？”她叹口气说：“我渴望爱情，但现在不奢求了，只要有那么一个人，肯对我好，乐意跟我在一起，愿意听我跟他絮叨絮叨心里话，偶尔对我说声‘我爱你’，哪怕是骗我的也没关系。”

“骗可不行，我在这上头是吃亏上当过的。”陆岩皱着眉头说。他的女朋友跟他谈恋爱时什么都不要，什么都不让他买，对他非常体贴，也非常体谅，可是当他向她求了婚，她马上跟他提出一堆条件，买房买车不说，还要一大笔彩礼。“她真的太能装了，装得温柔贤惠，特别好说话，我这不就中计了，现在是进退两难。”

我说我的问题与爱情无关，我是怀疑人生。我跟他们讲了我爸爸一颗心都在他新太太身上，对我完全不像以前那样了，我在他眼里无足轻重。我说：“我连自己的爸爸都不能相信，让我还怎么相信别的男人？”

他们听了居然哈哈哈笑，异口同声说：“这倒又让我们相信爱情了。”

3

我到北京转眼就半个月过去了，一天接到孙先生的电话，他问我房子住得还好吗，有没有啥问题。聊了两句，他说如果我周末有空，他和太太想请我到家中吃便饭。

除了几次去开会霖哥请客，我已经吃了两个礼拜的外卖了，对周边各家小馆子的味道了然于心，有的我一看见名字便没有了食欲。孙先生的邀请让我的胃一下子苏醒过来，味蕾也同时雀跃起来，但我没有马上答应。我心里犹豫，从小到大我很怕到别人家里做客，我不知道到了别人家里该说什么不说什么，该做什么不做什么，而且我还怕冷场尴尬。但孙先生一句话打消了我的顾虑，他很平淡很家常地说："就是请您过来认个门，顺便吃口饭。"

到了约好的那天，天气阴沉，待在家里都冷飕飕的，我裹着毛毯窝在沙发里憋大纲，心里又为去不去犹豫。傍晚时分，孙先生打来电话，说他马上开车到楼下接我，让我慢慢下去。我说路这么近，我自己走过去就行。他说天冷，不好走；又说有车接接送送很方便的，女儿在家的时候上学、出门都是他接送。他乐呵呵的，听上去这是一件很令他愉快的事。

我没再拒绝。到了他家，一打开门，炖肉的香味就扑面而来。他家不大，也不新，但收拾得窗明几净，窗台和窗前的长条桌上摆着绿植和盆花，整整齐齐，生机盎然。潘晓芬迎出来，接过我的外衣，让我换上事先准备好的一双棉拖鞋。

“新的。”她说，“以后你来就穿这双。”

我心里一暖。

“我看你比我们桃桃也大不了几岁，一个人跑这么大老远，真挺不容易的。”她眼里闪过怜爱。

她请我在沙发上坐，给我沏了玫瑰花茶。餐桌上已经摆好了酒杯、碗筷和冷盘，孙先生一到家就扎上围裙进厨房去忙了，不一会儿端出一道道热菜。

吃饭的时候他们夫妇拿着公筷给我搛菜，我面前的碟子里堆得像小山一般。他们家的菜做得又精致又好吃，平心而论，比我父母做的饭菜丝毫不差。唉，我们那个家早已经散了，想到这我心里不由得一疼。

他们夫妇一边频频劝我喝酒吃菜，一边津津有味地聊起做菜的诀窍。他们讲鱼要做得有样子，煎鱼的火候一定要控制好；又说炒肉丝必须锅热油烫，要把肉丝炒得“立”起来，不能塌了，才好吃。还有好多，他们一个说，一个应和，聊得丝丝入扣。我听着他们说，心里有一种暖融融的踏实感，我已经长久没有听见这样平和亲切的家常话了，不过我真的不懂肉丝怎么炒得“立”起来。

他们问我到北京来做什么，我说过来写电影剧本，他们沉默了片刻，表示赞赏，脸上的表情远没有刚才说做菜时生动，显得有点隔膜。

“你写什么电影？”潘晓芬问。

“爱情。”我说。

他们俩听了似乎一怔。

“以前还在老家的时候，我听说过一件事情，有一对男女，两个人爱得死去活来，家里不同意，非要他们分开，他们不肯分手，被逼得走投无路，两个人决定一起去跳江。你们猜后来怎么了，女的真从桥上跳了下去，男的没有跳。”潘晓芬说，“这算爱情吗？”

孙先生摇头说：“肯定不能算啊，还爱情呢，连最起码的人情都没有。”

潘晓芬不同意，说：“两个人肯定也是真的要好，不然怎么会宁可一起去死呢？”

孙先生说：“他真爱这个姑娘就应该承担起责任，

而不是跟她一起去死。”他停了一下说：“我想起我们报社有个同事，是个轴人，做事认真细致到不可思议，我们那里发表的文章有错别字就会被记下来，每天公布，还要罚钱，大概是一个字一块钱吧，涨没涨价我不知道。这个同事就从来没有错过一个字，这也不是一天两天，一个星期两个星期，而是二十多年如一日啊。就是这么一个一丝不苟特别较真的人，他结过五次婚，说是为了寻找真正的爱情……”

“那他找到了吗？”潘晓芬略带揶揄地问了一句。

“大概就是上上个礼拜吧，他离了第五次婚——我想他是没找到吧，要找到了不就不离了？”

我发现他们两口子挺幽默的，讲笑话都是一脸严肃，一点不笑，也许他们并不觉得这是笑话。

“你写剧本肯定很费脑子哎。”潘晓芬转回话头，感叹地说。

“靠写字吃饭真不容易。”孙先生说，“我在报社上班，看那些编辑记者很辛苦，写呀写的，白班夜班都写个不停，好在我是做发行的。”

吃饭的当口，孙先生一次次站起身走到窗边撩开窗帘朝外面张望。“今天这么个冷法，感觉是要落雪了。”他微笑着说，“刚才去接您的时候，我看见好像在飘雪花点子，要是下下来，就是今年的头一场雪。”

潘晓芬接嘴说：“可以把暖锅拿出来了，下雪天吃暖锅最好了。”她热情洋溢地对我说：“你也一块来吃。”

孙先生答应了一声，继续说：“我们桃桃特别喜欢下雪天，一看见下雪就兴奋，就要往外面跑。那孩子不怕冷，小时候跟我玩打雪仗冻得小脸通红手指像小胡萝卜也不肯进屋，还跟我说要是一年四季都下雪就好了。哈哈，她去了波士顿，打电话给我们说那里的雪比北京大多了，积雪堆得像墙那么高，经常是一夜大雪之后早晨出门连汽车都找不到……”

潘晓芬望着他笑，对我说：“他说起女儿话就特多。”

孙先生又讲起女儿小时候的趣事，都是零零碎碎的小事情，他说得兴味盎然，我听了心里发酸。我不由得想起爸爸妈妈，上一次我们一家人像这样其乐融融地一起吃饭，我已经不记得是什么时候了，而下次再有没有这样的机会都是未知数。

4

自从在孙先生家吃过这顿饭，大约是因为我对他们的厨艺赞不绝口，他们夫妻俩经常做了东西送给我吃。潘晓芬来得多一点，起先她送完东西就走，连门也不进，说是怕打断我的思路。后来来的次数多了，我让她坐会儿，她也不再拒绝，但神情总有些惴惴不安，就像一只惊恐的小兔子，跟她的年龄很不相称。我们很熟了，她才会坐得时间稍长一些。

跟我闲聊，她比在家里更加放得开，话说得坦率直接，经常是一针见血。我感觉不到我们年龄的差距，和她就像是闺蜜一般。她告诉我她大专毕业一直在医院当护士，因为心脏不好去年办了病退。

“哦，心脏没大碍吧?”我关切地问。

“还算稳定吧。”她说，“以前我身体可好了，这么些年在医院上班见的事情太多了，我这小心脏受不住了。”她半开玩笑地说。又说：“我小时候家里人叫我林妹妹，说我太多愁善感，这样不好，可我也改不了啊。在医院里我见到病人难受，也跟着难受，病人疼，我也疼，我比他们还疼。记得有一次值夜班，有个人被担架抬进来，浑身是血，说是被老婆拿菜刀砍的，医生护士都往上冲，我上前看了一眼，什么也没做呢，就咕咚一下栽倒在地，人事不知。那个月奖金我一分钱没拿到，还被倒扣了五百块。”

我差点扑哧笑出来，却不由得叹了一声。

“还有让我觉得特别难受的事，我从来没跟人说过。有些病人送来已经病得不轻，医生虽然尽力抢救了，但也相当于跟阎王爷抢人。病人昏迷或者自己不能做主的时候，医院会征求家属意见，是继续抢救还是放弃，我最害怕听到的就是‘放弃’两个字。尤其是病人求生欲很强，你看了会心碎。一般来说，父母不到万不得已不会放弃孩子，不过夫妻就不好说了……”

她停顿了好一会儿。

“那天你说要写爱情电影，其实我特别喜欢看爱情电影，可听你一说我心里立马想，这太难为你了！我活了这一把年纪，青春年华早过完了，年轻时的爱情梦也早醒了，我是越活越糊涂了，你说真有爱情那个东西吗?”

她望着我，似乎想笑一笑，但那个笑容没有成形就消失了。

我发现她笑起来特别年轻漂亮，仿佛年纪从身上流失了一部分，但是她不笑的时候显得忧戚和隐忍。

没等我说话，她又说：“要是说婚姻可能还实在些，结婚毕竟有红彤彤的证书在那里，两口子一起吃吃饭睡睡觉过过日子也是真的，有了事情夫妻之间多少也能搭把手相互照应。”

她忽地收住话头，脸上有点发窘，好像为自己说了真话愧疚。

我却想到了孙先生，脑子里浮起他微胖的笑呵呵的脸，我不由得说：“你和孙先生还是挺不错的，说真的，你们的家庭气氛让我很羡慕。”

她瞬间绽露出甜蜜的笑容，她笑得十分由衷，而且很有满足感。

孙先生也会来给我送吃的。他经常带饭上班，有时候他上班前先拐到我这里，给我送来同样的一份，足够我吃一整天。他跟他太太一开始一样，也是送完就走，门也不进。跟太太不一样的是，他还会从餐馆带东西给我吃。有时候他在外面应酬，吃到好吃的菜，会给太太和我各打包一份。我心里真是挺感动的，以前我还小的时候爸爸就是这样，他在外面吃到什么好吃的一定要带妈妈和我去吃，看到我们喜欢吃的东西，他就反复买，直到我们再也不想吃。我发现孙先生有些地方跟我爸爸挺像的。

有一天孙先生来给我送酱牛肉，说是专门跑牛街去买的，让我尝尝百年老店的味道。那天他不是一个人来的，跟他一起来的还有我们签租房合同那天见到的宋淑雅。

孙先生说："您说家里的Wi-Fi不稳定，我请了个专家来看看。"

我想起我确实是提过一嘴Wi-Fi有些飘忽，其实也还能用，没想到他放在心上。

宋淑雅轻轻一笑说："我哪里是啥专家，就是略微知道一点，还不知弄得好弄不好。”

她进房间去调试Wi-Fi的时候，孙先生坐在餐桌旁跟我闲聊。

不知怎么，几句话之后话题就说到了宋淑雅身上。他说她特别能干，还特别热心，报社的人有事都喜欢找她。又说，其实她自己的事情就够多的，爸爸妈妈公公婆婆四个老人，加起来三百好几十岁，都是她一个人忙前忙后照顾。还有一对读中学的双胞胎儿子，成绩优秀不说，一个篮球打得特别好，一个足球踢得特别棒，她对他们可是下了大功夫。

宋淑雅听见了，隔着正对着客厅的窗子，对孙先生一笑说：“你帮我那么多，我都没说。”她朝我说：“我转业到报社，以前从来没接触过这个行业，两眼一抹黑，多亏孙老师不厌其烦带我。”

孙先生哈哈笑着打断她说：“我们就不要对着夸了。”

宋淑雅一边忙着一边说：“我就是想多做些事情，把事情做好，我看人家做起来不费力，到我这儿不知怎么就变难了。我总觉得自己没把事情做好，经常疲于奔命，还是顾此失彼。”

孙先生宽厚地笑着，朝她说：“做到这样已经相当不容易了，要不然单位选劳模大家怎么都把票投给你？你就是对自己要求太高，这样可不是要累着自己。”

他的口气里带着些许埋怨，听着特别真率，我心里一动，不由得又想到他们的关系肯定不一般。

十来分钟，宋淑雅就把Wi-Fi调好了，果然比之前好用多了。

我请她坐，她说不坐了，还得去给老人送东西。孙先生接过去说，她家四个老人住在四个地方，老父亲在住院，老母亲住在自己家里，老公公住在疗养院，老婆婆住在老年公寓。他说：“这一圈够她兜的，今天她车限号，我开车送她。”

他们俩匆匆走了。我捧着一杯热茶走到窗口，漫无目的地朝外望着，无意间看到他们正好走出单元楼门，孙先生伸出胳膊搂住了宋淑雅，那么自然而然。宋淑雅斜过身子依偎着他，两个人挨得很近，头靠着头，就像在喁喁私语。

这一幕仿佛瞬间证实了我心里的猜测。

5

我们四个出了一份大纲给霖哥，他看了两天没有说话。到第三天，他召集我们开会，说大纲写得当然是不错，可惜不是他想要的。

“我做梦都想拍出一部特棒特感人的爱情电影，你们是知道的，所以，一定要写出真正的感情。”他说得语重心长，情真意切，“爱情多么美好，多么珍贵，‘问世间，情是何物，直教生死相许’，我要的就是这种感觉……”

我们面面相觑，就像答错题的小学生。

“你们都是我信得过的编剧，而且这回把你们一块儿请过来，就是希望你们能把优势集中到一起，我要的不仅是叠加，还要翻倍，再翻倍，要遇山开山，遇水架桥，像推土机那样一路碾压过去，所向披靡，我相信你们肯定能找到感觉的。”霖哥用一种提振的口气说。

可是我们却没有这个自信。这天霖哥让我们把合同签了，我们竟然都找各种理由推托，放在以前，这可是我们求之不得的。

莺莺姐说她还想再去做一次试管婴儿，“我想再努一把力，剧本说不定能写一辈子，生孩子这辈子恐怕就这一回了。”她说得既无奈又凄凉，似乎已经预知了结果，却不能不去再试。婉儿说她的终身大事比别的事都要紧，“我想通了，这个对象不行我就换一个，我就当项目去做，好赖要抓住青春的尾巴梢子把自己嫁出去，想到一个人孤老终身，我内心充满了恐慌，什么都没心思做。”她双眉紧锁，愁容满面。陆岩的问题也很棘手，为了办婚礼他把所有的钱都花出去了，拿不出三十万的彩礼钱给未婚妻，他跟她商量等有钱了再给，可是她和娘家人都不答应，坚持要拿到钱再办事。我们几个七嘴八舌给他出主意，都说这么拜金，爱情还有一点点位置吗？没有爱情的婚姻有意义吗？没有意义的婚姻还结它做甚？“我们已经领证了。”陆岩一脸苦恼，“现在不是结不结的问题，是离不离的问题。”

霖哥费了好一番口舌劝说他们三个，他好说歹说，他们总算答应继续为剧本出谋献策。

霖哥把目光投向我，他的眼睛里闪现出热切的光芒。

这曾是我多么渴望见到的光芒——我的心蓦地热起来，可我想到他只是为了他心中的爱情影片，而不是为了他心中的爱情，我的心又慢慢凉了下去。

“我也不签了吧。”我弱弱地说，“你们都说自己有这样那样的问题，我是因为你们都在才过来的，反正你们不签我也不签，要不然到最后所有的问题都成我一个人的问题了。”

霖哥听了说：“不至于的，瞧把你吓成这样。我们先往下走着，那句话是怎么说的——”

“亡羊补牢，未为晚矣。”我接上去说。

霖哥瞪我一眼，笑着打断我说：“正相反，我想说的是：精诚所至，金石为开。”

6

合同没签，但大纲还得继续。一天里大部分时间我都对着电脑发呆。

阴了几日，果然下起雪来。雪下得不大，午饭时分开始下，午睡起来就化干净了，地上除了有点潮湿，看不出一点下过雪的痕迹。

潘晓芬打来电话，叫我过去吃暖锅。

“上回就说下雪天来吃暖锅，今天总算下雪了，我把金针木耳香菇豆腐皮都发上了。”她兴高采烈的，声音里的欢快就像小孩子终于盼到了过年。

我正一个人待得烦闷，她这个电话让我一下子高兴起来。我从柜子里拿出霖哥送给我的两瓶波尔多葡萄酒，准备带过去跟他们一起喝。

刚把电话挂断，她又打过来说：“我蒸了红豆栗子糕，还热乎着呢，你有空早点过来尝尝，正好咱们喝茶聊天。”她又补一句：“智达出差去了。”

虽说孙先生不在家，但潘晓芬做的暖锅一点不对付，料备得充足得简直够十个人吃。我一进门就看见餐桌上摆着大大小小的碗碟，除了发好的金针木耳等等，还有做好的各种丸子，切好的肉片和蔬菜，香菜、小葱、姜丝、小米辣也是一应俱全，整整齐齐的，看着赏心悦目。

“以前我总笑话智达，他一做菜就做多，尤其是请客，生怕不够吃，现在不知不觉我也成他了。”她边说边笑。

我吃着她新蒸的糕点，喝着她用碧螺春、茉莉花、干荷叶、红枣片、生姜丝、碎芝麻煮的茶，听她讲她和孙先生的事。她说和孙先生认识是她舅姥姥介绍的，她舅姥姥原先跟孙先生也是素不相识，他们是在火车上遇到的，坐同一个车厢，一路上他帮她端茶递水，对她照顾得无微不至。她舅姥姥带的行李多，上车时孙先生主动帮她搬到行李架上放好，下车时又帮她拿出站。她舅姥姥很感动，跟他要了电话号码，一定要介绍给她。舅姥姥说，一个人对陌生人都这么好，你找他错不了。“我舅姥姥是个半仙，会算卦，会解梦，会寻物，好多稀奇古怪的事情人家不明白的问她都懂，老太太看人的眼光也不一般，现在她已经八十多快九十了，耳聪目明，硬朗着呢，家里上上下下都肯听她的话。”

正说话，门铃响了。

我笑说：“是不是孙先生赶回家来吃暖锅了？”

“不能够。”她笑，“他去跑发行了，没个十天半个月回不来。”

她打开门，似乎愣了一下说："你怎么来了？"

门外那个人说："你不是说就自己在家吗？所以我没事先发信息。我们单位组织去农庄采摘，我给你拿点刚摘的蔬菜水果过来。来的路上看见有个店里在卖大闸蟹，给你买了几个。"他说着话走进客厅，看见我，微微一怔说："有客人啊？"

潘晓芬对他说："就是租我们房子的小朋友灿灿。"

他立马笑着和我打招呼。

潘晓芬没有向我介绍他是谁。

他把东西拿进厨房，过了片刻跟着潘晓芬走出来，说："你说洗衣机门不好关，我去瞧一下？"

说着，他走进卫生间。不一会儿他就出来了，说："看不出有啥毛病，你把门往上托一托就能关上了。"

潘晓芬说："我就是那么做的，这不是麻烦吗？"又说："我以为你样样精通呢，也有你修不了的。"

他听了嘿嘿地笑，没说啥，很老实忠厚的样子。

"晚饭要不就在这儿吃吧？"潘晓芬说，"我弄了暖锅。"

她说得很虚浮，听着就是一句客气话。

“不啦。”他说，“得早点回去，老太太一个人在家。”

她脸色一松，笑说：“那不留你，路上慢点。”

那人一走，潘晓芬抿嘴一笑说：“是我前夫老胡。”又说：“没对你说，我嫁智达之前结过婚，还有女儿。”

我听了大为吃惊，不是吃惊她离婚再嫁，而是吃惊他们的女儿竟然不是孙先生的。他说起女儿眉开眼笑的样子，简直比亲生的孩子还要亲。

“唉。”她叹了口气，“往事不堪回首。”

她说她和老胡离婚是因为他家暴。“他是独子，父亲在他很小的时候就工伤死了，我没见过我那位前公公。他跟着妈妈长大，母子两个相依为命，他妈妈把他惯得脾气特大，一言不合就动手。我先还是忍的，后来他连女儿也打。那么小的一个小人儿，娇娇嫩嫩的，让亲爹打得鼻青脸肿，我就再也忍不下去了，下决心跟他离了。”

她说着，眼睛里涌起一层泪水。她飞快地眨动眼睛，泪花沾在眼睫毛上。

“要说离了也是伤心。他那个人，除了脾气不好，别的都好，这话听上去矛盾，其实我说的是实情。他人好，心地善良，对人真心实意。我工作又忙又累，家里的事情差不多都是他一个人包圆，我上夜班也都是他接送，风雨无阻。所以说吧，跟他离婚我心里真是挺难受的。离了之后我结了，他到现在也没结，我都不知道这十来年他一个人是怎么过来的。”

她很伤感。

我不知道怎么安慰她。

我说：“我父母也离婚了，他们离婚的时候我很大了，上中学了。他们经常吵架，我爸爸喜欢喝酒打牌，我们家晚饭桌上基本见不到他，他跟他的哥们一起放飞自我，有时喝得大醉，有时输得精光，挣了钱也不拿回家来，我妈妈伤透了心，老是气得跑回娘家去。他们吵得家里飞沙走石的时候，我心想不如离了算了，后来他们真离了，我们三个其实都很伤心。”

她两眼望着我，满是同情。

“那我女儿还是很走运的。”她说，“智达一直很疼爱她，我爹妈说，他可比亲爹还要宠孩子。我嫁他时桃桃才七岁，都是他接送她上下学。她出国留学也是他拿的钱，他把父母给的一套房子卖了，我不过意，他说房子不算啥，给女儿创造一点条件，让她出去看看世界才是特别值得的。真的，我没对他说过——夫妻之间感谢的话我也说不出口，其实我心里真挺感激他的。”

7

又到约定开会的日子，我早早到了，可是过了钟点，他们几个一个也没来。我给他们发微信，他们就像约好似的，一个也不回复。

好容易等来了霖哥，他脸上一点笑容没有，神色似乎很落寞。

“你说这是咋回事呢?”他拉开椅子一屁股坐下来，“我没钱的时候，你们几个都肯帮我，现在我拿着一把钱，为什么反而是亲离众叛成了孤家寡人?”

他跟我说那三个今天都不会来了，莺莺姐和婉儿说有事要回家，他估计她们已经走了，不过直到上午才对他说。刚才在路上他接到陆岩的电话，也说有事来不了，又说这个项目就算了，以后有机会再合作。

“你跟我说实话，是不是我给你们出难题了？”他说，“前些日子我心里就有预感，他们是准备好要撤了。我给他们打电话，他们不接，发微信，以前都是秒回的，后来也不怎么回了，就是回复也是拖拖拉拉要耗上老半天，连请他们吃饭都轻易叫不出来，我就觉出苗头不对了。”

我不好说什么，因为我也不是完全不知情。

他又说：“记得是《泰坦尼克号》吧，船都要沉了，乐队还在沉着地演奏，每个人完成了自己的声部才熄灭蜡烛离开，咱们至少还没有到沉船那么糟糕的境地吧，他们已经早早熄灭蜡烛逃离了。”

霖哥眉头紧锁，情绪低落，他可是非常阳光的一个人，而且总给我一种春风得意万事亨通的感觉，他们三个一撤似乎让他陷入了困局。我发觉自己的处境十分尴尬，既不能向着霖哥说那三位不好，因为我跟他们不仅是好朋友，也算是同一战壕的战友，可我又不能替他们说话，因为我不想得罪霖哥。

霖哥忽然笑了，说：“算了，我不为难你，看你骑在墙上挺难受的。”

我也笑。

霖哥说：“我这会儿很想把你像根救命稻草一样抓在手里，要对你说的那句台词我在路上就想好了——‘你对我比以往任何时候更加重要’，是不是挺煽情的？不过我见到你就不想说了，我不愿意给你压力，也是先放过自己吧。”他对我提议：“会今天就别开了，我们轻轻松松喝个咖啡好吧？”

当然好啦，求之不得。

他去买了咖啡，还有芝士蛋糕。

喝着香醇的咖啡，他的情绪明显好转起来。

“他们三个临阵脱逃，我也反思出的这个题目是不是太不好弄。我心中的爱情，或者说我想象中的爱情吧，确实是非常完美——真诚，纯洁，无私，忘我，我寄希望通过你们把这样的理想或者说理念变成一部电影，让更多的人看见和感受到，也可以说让更多的人一起做梦……”他沉默了片刻说，“其实我这个人并没有那么脱离实际，我也知道现实生活中的爱情是怎么回事。就拿我来说，以前我一直以为自己只是‘恐婚’，有一天我发现自己是‘恐爱’。从前的爱情不讲条件，现在的爱情好像首先是讲条件，从前的人用一生去爱一个人，到我们这一代，恐怕不少人连这样的想法都没有。有个冷笑话说，两堵墙相互打招呼：拐角处见！两列对开的火车相互打招呼：回头见啊！——回头真见着了不还是得迎面错过？人家说一不留神活成了一个笑话，我真担心一不留神活成了一个冷笑话。”

看着他干净的面色，透亮的眼神，有一阵我听不懂他在说什么。

“你怎么不说话?”他说。

“我在听呢。”我说。

我撒谎了，我确实是走神了。不知怎么我想到了孙先生和潘晓芬，还有宋淑雅，我想告诉他，恐怕他把“从前的人”的感情想得太简单了，生活是复杂的，爱情也不可能是简单的。

我跟他聊起我的两个房东，他听得很认真，饶有兴味的样子。听完，他沉默了好几分钟，就像信号中断一般面无表情。

“你想说爱情是不拘一格的，我听懂了。能不能让我坚持自己的想法，至少是在心里。”他喝光杯子里已经放凉的咖啡，脸上露出不肯妥协的微笑。

8

霖哥仍然不想放弃他的计划，不过他也做了很大程度的让步。那三位果然弃船而逃，只有我一个还跟着他在茫茫无边的海上漂流。他对我不像之前那样说一是一，变得有商有量。我们发生争执时，他不仅肯让步，甚至肯心无芥蒂地采纳我的意见，我们俩的关系慢慢竟有了一点相敬如宾的感觉。

一晃我的北漂生活已经过去了三个多月，北方寒冬的凛冽萧瑟和我家乡的温暖和煦全然不同，我家乡这时节还是满目青翠，鲜花遍地，而这里树枝光秃秃，楼房灰扑扑，一到雾霾天气全城都笼罩在污浊的空气之中。为了帮霖哥达成心愿，我宅在自己临时的小窝里，过着单调清冷的生活，每天对着电脑苦思冥想，许多时候仿佛走进虚无一般地发呆。

某日，门上响起久违的敲门声，是孙先生出差回来过来看我。他给我带了沿途买的各色小零食，还有一大包滚烫的糖炒栗子。

“我家桃桃最喜欢吃这家的栗子了，今天我正好有空，专门去排队买的。”他满面笑容，像个慈爱的爸爸。

我请他进屋坐。

他带着一股寒气走进来，脸都冻红了。我给他泡了一杯茶，他捧在手里，没脱外衣，在沙发上坐下来。

“晓芬本来要一块儿来的，今天她有点感冒，我怕她再冻着，没让她出来。”他说，“她特为叮嘱要我谢谢您，说我不在家的时候您去陪了她好多次。”

我说：“是她照顾我，我去你们家蹭了好几顿饭。”

他笑着摆了摆手，随即收了笑说：“其实我也要谢谢您，桃桃留学走了以后，晓芬有好一段精神状态很不好，整天没精打采，做什么事都提不起兴头，我真担心她想孩子抑郁了。后来您来了，她一见您就喜欢，常跟我说起您，说句占您便宜的话，我们看您就像是自己女儿，就是那种越看越好的感觉。”

他说着呵呵笑起来，就像是忍俊不禁。

我也笑了，我说：“我太荣幸了。”

他一脸认真地说：“您别介意就好，我和晓芬都是那种实实在在的人。”

他似乎有点羞愧。

我说：“我真的是特别高兴。”

他显出轻松。

“晓芬姐感冒没事吧？”我问。

“感冒没事。”他说，“她身体弱，我最担心的还是她的心脏，前年搭了三根桥。”

他忧心忡忡。

“晓芬姐夸您对她特别好。”我不知该怎么安慰他，说出这么一句。

“那是应该的。”他说，“夫妻一场，我就想把她照顾好。还有女儿，还有她父母，我都想照顾好。”他停了一下又说：“当然，其实每个人我都想照顾好。”

我敏感地捕捉到他脸上闪过一个就像跟我心照不宣似的微妙表情，我即刻想到他后面这句话大概是指宋淑雅吧。

“您真是个大好人。”我由衷地夸赞他。

“说不上的。”他谦虚地说，又嘿嘿笑着，带着既像是反省又像是认同的神色说，“晓芬说我是一个多情的人，我也不知道她是啥意思啊，她是不是说多情的人也是无情的人？不过比起无情的人，多情的人至少是有情的。”

9

再过半个月就要到春节了，孙先生和潘晓芬去南京探望父母。临行前他们又给我送了好些吃的，有酱好的肉，烧好的鱼，卤好的豆干，蔬菜都是洗净切好装在保鲜盒里的，还有好几种我喜欢吃的水果，那么细致体贴，令我感动。他们走后，我还真挺想他们的，那种萦回于心的感觉非常类似于年纪小的时候妈妈出门我想念她那样。我经常手捧茶杯，站在窗口眺望他们的家。因为知道了哪个房子是他们的，我能从众多蓝色和灰蓝的窗帘里一眼辨认出他们的窗口。我甚至就像长着千里眼一样能看见目力不能及的摆放在窗台上的他们夫妇精心莳植的花花草草。

他们到了南京和我视频，把他们的家人亲戚一一介绍给我，我恍若他们大家庭中的一员。那种十分新鲜的感觉令我很欣悦，我一点不感到那些素未谋面的人陌生，仿佛他们从来就是我的家人。

我发现自己竟然有点想家了。我以为自己不会这样，而且，自从妈妈离开，那个家对我来说真没什么值得留恋的，爸爸娶了继母之后，其实那已经算不得是我的家。我就像一只寄居蟹，住在别人的巢穴里。甚至于连我的爸爸，也成了别人的老公别人的父亲。所以当我不时下意识地想到远在南方的那个家——我的小小的阳光灿烂的卧室，随风飘起的印花窗帘，放在书桌上的猫咪茶杯，还有那些我看了又看爱不释手的书，我自己都会感到吃惊。那个家里发生过的事情，点点滴滴，就像水流一样穿透我的心，把我的心浸泡得松软不堪。

有一天，我突然接到爸爸的电话，说“突然”是他很少给我打电话，平常他和我就是互发一下微信，而且同样是只言片语，没头没尾。我们都是不善于表达感情的人，尤其是亲人之间，从来不说亲热的话，而且，即使是一句善意满满的话他也要故意说得硬邦邦的，我妈妈一直说他冷漠。

爸爸在电话里说，这两天他到上海开会，开完会想顺道到北京看看我。我听了差点愣了，从南宁到上海再到北京，怎么说也不算是“顺道”呀，我不知道我老爹心里的地图跟我的是不是一个版本。

我回答他：“哦，怎么想起来的？”

在电话那头他似乎也是一愣，说：“就是看看你。”停了一下又说：“你走了三个多月了。”

我把他的话连起来解读：你走了三个多月了，我得看看你去，要不然说不过去。

其实没什么说不过去的，他有他的生活，他来不来看我，我真的不介意。

“北京很冷的，太冷了，你不习惯的，没必要跑一趟。”我对他说。

“机票都买好了，下午的航班。”他说，“冷我不怕。”

他就是这样，说啥是啥，不与你商量，固执得很。很多时候，我跟他一样。

几个小时后，爸爸就到了。他不让我去机场接他，连航班号也不肯告诉我，我只得听他的。他一进屋就说："看你过得还不错嘛，有吃有喝的，看来我担心得多余了。"

他打开行李箱，从里面掏出一包包吃的，其中好几包是我们老家的螺蛳粉。我在家里都不吃的，他不会不知道，我真不明白他为何要千里迢迢带过来。

"抽个时间你带我去看看你的两位房东，你跟我说他们很照顾你，我要去登门谢谢他们。"他说。

哦，这么说螺蛳粉啥的大概是他准备给孙先生他们的，这可真所谓是"千里送鹅毛"了。

大概他发觉我神色不太对，又从手提包里掏出两个方方的锦盒，递给我说："还有这两样也送给他们，你打开看看，我刚才在机场买的。"

我接过打开一看，锦盒上面印着四个金字：高级饰品。打开层层包裹，原来是两块琉璃挂件，两个盒子里分别装着男款和女款，标价很贵。

"怎么样，送得出手吧？"爸爸目光热切地望着我。

我真不想打击他，这两个物件华而不实，况且也不像是孙先生夫妇的东西。

“我挑来挑去，差一点把飞机误了。”他说。

我还是忍不住说：“这东西有什么用？”

他两眼望着我，木了一下，语气急促地争辩说：“礼物就是心意，哪能说有用没用呢？”又带着讥讽和玩笑的口气说：“你们不是很浪漫的吗？现在怎么一开口就是‘有什么用’？”

他话里的这个“你们”显然是指我和妈妈，以前他也是这样说我们的。

我心里觉得他眼光土不会买东西，不过没有往下说。

“那我们什么时候去看看你的房东？”他问我。

“这回见不着。”我说，“他们出门去了。”

“这么不巧？”他明显失望，“我可是诚心诚意的啊。”

爸爸是第二天晚上的航班，还有一个白天的时间可以出去逛逛。我问他想去哪里，他说冰天雪地的，看你又忙，不如哪儿都别去了。我说你难得来一趟，北京好多地方都没玩过，我再忙也要陪陪你，何况我也没那么忙。

“那好，”他说，“我们去香山吧。”

香山？我以为自己听错了。

“是啊，香山的红叶最有名了，我一直很想去看看。”

可是这天寒地冻的，香山的红叶早落光了。

我还是陪他去了香山。山上阳光灿烂，寒风料峭，他面颊冻出两块红，就像涂了没抹开的胭脂，他竖起衣领，缩着脖子，脸色泛黄，看着都冷。我把自己的羊绒围巾摘下来给他，他坚决不要，还差点冲我发脾气。

一路上我们话很少，几乎没有交谈。在离开家之前已经有很久我们就是这样子，所以我也没觉得有什么不自然，只是心里多少还是有点郁闷，我想既然跟我无话可说，又何苦跑这么大老远来看我？

我们并没有爬到山顶，走到大平台就开始往回返。下山的路上我们不像上山时那样沉默，不时交谈几句。爸爸也不像刚才那样冻得哆哆嗦嗦，他脸色缓了过来，面颊上那两片奇怪的红色也自然消失了。

“山里真静。”他感叹说，“我感觉能从这宁静中汲取能量。”

“所以你不去看名胜要到山上来餐风饮露。”我说。

“这里人少。”他说，“我就想安静地和你待一下。”

我不吱声，心里想：何必呢?

我们默默地往下走，下山比上山步子快得多。

“小时候你就喜欢一个人走在前头。”爸爸从后面赶上来，笑眯眯地说，“从小你就能干，独立，那样小一个小人儿什么事情都做得又快又好，你妈妈说，这孩子长大了留不住，肯定是要远走高飞的，让她一语说中。”

他毫无预兆地提到我妈妈，用的还是那样一种亲昵的口气，就好像我们还是一家三口，中间没有发生任何变故，我心里忽地一酸，有一股气在胸中胀满，我感到胸口隐隐作痛。

“有些话我也不知道怎么说。”他停下脚步，在一个斜坡上站着，脸上出现了踌躇的神色。

我也停住脚步，等着他说。

他缓缓地挪动着脚步，仿佛要找一个站得住脚的地方。他下到一个比较平坦的台阶上，说："爸爸没本事，留不住你妈妈，也留不住你，蛮失败的。"

那一瞬间，我的眼泪差点被他打下来。

"说这做什么？"我气恼地说。

他赔笑说："你不要生气，我也是想了好久，要不要对你说。"他停顿了片刻，轻笑一声，又说："这种话其实也没什么机会说。"

我听了没有同情，差点脱口而出：你是不是离婚离后悔了？不过我没有说出来。我忽然想到，尽管一直在一个家里生活，他们离婚的真正原因其实我并不知悉，他们谁对谁错我更是弄不清楚，我只是对他们离婚这件事耿耿于怀。

看我眼圈红了，他走近我，轻轻搂了搂我——大约从我八岁之后他就没有这样跟我亲近过。

他缓缓地一字一句说："你离开家之后我很失落，不是因为你走了，而是我反思了自己以前所做的一切。我是爱你和你妈妈的，对你们的这份爱里甚至含有很多特别自私的感情。尤其是对你妈妈，我对她的感情，也可以说是爱情吧，经常是霸占性的，我对她限制太多，让她感到是一种勒索，无法忍受。所以她一离开我就跑到澳大利亚去了，我想就是为了离我远点吧。”他凝望着我，声音忽然有些嘶哑，“我伤害了她的同时实际上也伤害了你，不仅让你失去了遮风挡雨的家，也让你对亲人之间的爱产生了怀疑。其实我都看在眼里，只是走到这一步，我也无能为力……有时夜里睡不着觉，我会想来想去，也想通了一些事情，亲人之间的爱可能感觉非常深，但是当无法达到预期的时候，它是脆弱的，很容易就会消失。唉，我已经尝到了苦果。”

我不知道该不该对他说句安慰话，我满心委屈，觉得自己才是那个更需要安慰的人。

等走到山下，我的心情才轻松下来。

“我不想给你捆绑任何亲情的绳索。”爸爸说，“你随时可以回来，来看看我也会很高兴的，家永远是你的家。”

当晚，爸爸回去了。除了给我带了一大堆吃的，他还留下两万块钱，我不肯要，他执意给我。他一个人去了机场，就像来的时候不肯要我接一样，走的时候他也顽固地不肯要我送。

10

我承认，爸爸来过之后我更想家了。尤其是出门时遇到北风呼啸，站在冰冷彻骨的马路边上打不着车，或者网约车迟迟不到，几分钟冻得手脸僵硬整个人犹如冰棍一般，回南方去的念头越发强烈。我在霖哥面前也流露了这个意思，他似乎有点紧张，问我回去了还来不来，我知道他还是放不下他心里的那个项目，只好说还不一定走呢，既是搪塞他，也是搪塞自己。

我在回与不回之间纠结，一晃就到了除夕。

除夕一早爸爸和我视频，和我聊了聊他们忙年的事情，问我春节打算怎么过，他就像是不经意地问我你回来吗，我跟他说我不回了。我一点准备没做，没买机票，没收拾行李，也没给他们买好礼物，就是想走也来不及。他便说，不回也好，省得路上挤来挤去。他这句话说得那么言不由衷，让我心里莫名地涌起负疚感。

我在网上下单了一些吃的，想到要过年，比平日买得更多。买好东西又把家收拾了一遍，打扫得干干净净。可我心里却并不安逸，写字是没有心思的，想坐下来好好看看书，翻了几页就不耐烦起来。屋里很静，暖气充足，但我却感到无比寂寞，长长的一个下午我几乎一直对着窗外发呆，我的目光不时落在远处那一方蓝色的窗帘上。

薄暮时分，我接到孙先生打来的电话，他问我在不在家，我说在家呢，他的语气立马有点小兴奋，他说："我们还想您兴许回家了，兴许出去跟朋友聚了，您在家太好了，我们已经过天津了，您等着我们来接您一起吃年夜饭。"

我怕给他们添麻烦，正欲推辞，潘晓芬的声音在电话里响起来："你想我们了吗？我们可想你了！在南京看见什么都想给你买一点，我们相互提醒，她吃不了这么多的，但还是买，还是买。好在是开车回去的，要不然这么多东西肯定拿不了。"

她说话的口吻完全像是家里人，我有点不适应，但又很感动。

孙先生再次接过电话，说："给您带了一样好东西，您肯定猜不着，我也是有年头没看见过了，晓芬还拦着不让我买呢，我没听她的。”

他像是占了上风一般哈哈大笑，潘晓芬也笑，他们的笑声洋溢着没遮没拦的愉快。

这就是传说中的“不是亲人胜似亲人”吗？他们的电话给我清冷孤独的心境带来了暖意和慰藉。

可是，我等了很久很久，他们一直没到。我不放心，打电话过去，他们说堵在路上，不过导航显示道路很快就会畅通。过了一阵他们再次打电话过来，说前面又堵上了，吭哧吭哧走得相当费劲。我们隔一阵就通一个电话，来来回回不知打了多少电话，他们终于在八点多钟赶了回来。

听见敲门声我真是喜出望外，就像小时候终于盼到爸爸妈妈下班回家。孙先生提着两袋子东西走进来，让我收好跟他去吃晚饭。他打开一个环保布袋，一样一样告诉我什么该冷冻什么该冷藏，随即他又打开一个套着塑料袋的蒲包，一股咸腥味扑面而来。

“闻闻，多香啊，大海的气味！”他笑呵呵地说，“这是野生的海鳗，特别新鲜，这么大个头，我都没有见过。”

虽然我特别喜欢海鲜，可是面对这么大一蒲包的海鳗，我还是傻眼了。

“我来帮你收拾。”他看出我束手无策，仿佛为了不让我为难，大包大揽地提起袋子走进厨房。他拎出一条海鳗，举过头顶，足足有两米长。他把它放进水池，一边收拾一边说：“这东西风干了蒸一下特别好吃，有多少都吃得完的。”

他满面笑容，神情特别陶醉，我估计那一定是触动了他往昔的记忆。蒲包里那么大的海鳗竟有两条，我心里觉得太好笑了，瞬间理解了潘晓芬为什么要拦着不让他买。

敲门声又响起来，我跑去开门，是潘晓芬来了。

“我们正要下去呢，你怎么上来了？”孙先生说。

“我等这半天也不见你们下来，外面下雪了。”她转向我，眼睛里满是温柔的笑意，“我想别让你吃了饭再从雪地里往回跑，就把菜拿上来了，差不多都是现成的，热一下就可以吃。”她手里提着一个带盖的竹篮。

我高兴地对他们说：“正好我也买了不少吃的，不如就在这里吃年夜饭?”

“这好吗?”他们显得有点迟疑。

“有啥不好的，本来你们就是这房子的主人。”我说。

“现在不是这么回事……”他们客气地说。

我不让他们推辞。

孙先生放下没收拾完的鳗鱼，和潘晓芬一起忙晚饭。我要帮忙，他们不让，说厨房油烟大，非要我到房间里去。我自然不好意思袖手旁观，便摆摆杯盘碗筷，帮他们递递东西，打打下手。

潘晓芬说：“桃桃在家的时候我们也是什么都不让她做，他们学校要求学生回家帮爸爸妈妈做家务，还要填写家校联系本，我们都是闭着眼睛给她写。”她朝孙先生努努嘴，“他比我还惯呢。”

孙先生笑说：“不是有句老话，‘在家靠父母，出外靠朋友’，有父母和朋友能靠是福分，能让别人倚靠同样也是福分。”

潘晓芬也笑，说：“所以我们家桃桃直到出国前家务活儿啥都不会，她问我，煮面条是冷水下面还是热水下面，和面是先放水还是先放面，还有更可笑的，她做西红柿炒鸡蛋那是一绝，她把鸡蛋炒熟了西红柿直接拌进去，我说她就是个小爱迪生，这也算发明创造吧？她爸爸还直夸好吃呢。”

他们煎炒烹炸，厨房里热气氤氲，这个家里第一次有了这般浓浓的烟火气。我脑子里不由得叠印出小时候在家时的情景，那个时候爸爸妈妈的关系还正常，虽说他们也会吵嘴，但日子还是过得下去的。一到休息日他们就一起出门采购，回来一做就是一大桌。白斩鸡、大肉圆、红烧鱼是他们最经常做也最拿手的，每个节日他们都要弄出一些别出心裁的节目，过年要做年糕、糖环和腊味，端午节除了包各式各样的粽子，还要做芭蕉叶糍粑和艾叶青团，中秋节要做凉拌鸭子和藕饼。他们还经常请亲戚朋友到家里来吃饭，我特别喜欢他们请客，家里来人是我最开心的时候。我喜欢看他们相互碰杯，一杯接一杯喝酒，抢着说话，高声大笑。我心里一个很深的感触就是大人们的热闹冲淡了我童年的孤寂和无聊。看着孙先生夫妇忙碌的背影，我心里竟然闪过一个念头，我真想从背后拢住他们，就像小时候经常对我爸爸妈妈做的那样。

不到一个钟头他们就做好了一桌菜。让我暗暗惊叹的是他们夫妇俩配合得太有默契了，做菜的时候他们话很少，或者根本不说话，手底下却是环环相扣，干净利索。我们三个围桌而坐，打开电视里的春晚节目，瞬间充满了过年的气氛，我甚至有昔日重来之感。

吃完饭，他们抢着收拾，我不让他们忙，但拦都拦不住。孙先生不但不让我动手，也不让太太动手，叫我们两个坐沙发上安安逸逸喝茶看电视。他呵呵笑着说："我做惯了，你们都别跟我争。"

潘晓芬拉住我，笑嘻嘻地说："那我们就恭敬不如从命。"

她笑得眼睛弯弯的，一副很娇媚的模样。

我们就果真不管了，由着孙先生一个人忙。他弄好了，走到客厅里得意扬扬地对我们说："鳗鱼我也收拾出来了，你们要不要观赏一下？"

他打开厨房通向阳台的门，外面稀稀落落飘着雪花，两条长长的鳗鱼悬挂在露台的晾衣钩上，在夜色里通体泛着银光。

“您可真有办法。”我夸赞他。

“他这人太实在了。”潘晓芬笑着撇了撇嘴说，“但愿没给你添麻烦才好。”

春晚正演得热闹，他们告辞要走，我没有挽留他们，开车赶了一天的路，又忙了年夜饭，我想他们肯定也累了。我把爸爸带来的东西拿给他们，他们欣喜的神色就像是第一次收到礼物，让我心中也是满满的喜悦。我觉得真是过了一个多少年没有过的完美除夕。

出门前孙先生帮潘晓芬穿上外衣，又给她围上披巾，他做这些十分自然，没有丝毫要做给别人看的意思。面对眼前这幕，我竟然下意识想到了另一个女人。一错神，我想起了孙先生望着宋淑雅那脉脉含情的眼神。

我送他们夫妇俩到电梯，我们互道“新年快乐”。他们进了电梯，潘晓芬按住电梯门对我说：“对了，忘记说了，明天你要是高兴的话下午跟我们一起去逛庙会吧。”

孙先生笑容满面地说："我们每年春节都去的，属于我们家的传统保留节目。"

我欣然答应。

回到家，我走到窗口，外面的雪还在下，还跟刚才一样下得不紧不慢，地上没什么积雪，他们的汽车停在路灯下，车顶上倒是有一片白。我漫无目的地朝外望着，看见他们走出楼门，夫妻俩一前一后，隔着有两三米的距离，孙先生走在前头，潘晓芬走在后头，他好像想停下等她，但他刚站住又迈开步子往汽车走去。他没有像上次我看见的和宋淑雅在一起时那样伸出胳膊搂住太太，潘晓芬也没有像宋淑雅那样斜过身子依偎着他，我想这也许才是正常的夫妻关系吧。

翌日清晨，我在金色的光线里醒来，隔着窗帘都能感觉到外面是一个大晴天。

拉开窗帘，外面银装素裹，房顶、树枝、汽车和地面都积着厚厚的一层雪，看来夜里还是下大了。阳台上两条长长的鳗鱼冻得硬梆梆的，背部和尾巴上结着小小的冰凌，被阳光一照，正缓慢地一滴一滴往下淌水。这

两条经孙先生之手开膛破腹的鳗鱼，嘴和肚子被一次性筷子撑开，仿佛泰然自若地伫立在风里，正咧嘴开怀大笑。

我怎么看都觉得阳台上这两条鳗鱼突兀、奇怪，与周围的一切格格不入，可是它们又似乎让我呼吸到了某种熟悉的生活气息，让我生出一种安逸的情愫。想到下午还要跟孙先生和潘晓芬一起去逛庙会，我的心情变得开朗起来。也是在那一刻我打消了回家的念头。我想我不回去，爸爸跟继母和妹妹会过得很开心，而我跟孙先生夫妇在一起也会很开心。

2021.10.25

月色朦胧

1

直至坐上海口到三亚的火车，秦益心还是晕的。车窗外完全是符合想象的风景，青碧的天空，洁白的云朵，星星点点的鲜花和在风中摇曳婆娑的椰树，还不时出现一段平静得像画又像是悬挂的幕布一般的湛蓝海面。她侧脸瞄一眼坐在旁边的老公，樊志同正专注地朝另一边的窗外望去，似乎不舍得浪费一点飞逝而过的风光。她脑子一闪，想起段子里说的坐在一辆车里的情人会相互凝望，夫妻是各看窗外。隔着过道，儿子小火星瘫坐在座位上，正拿着他爸爸的手机打游戏，玩得不亦乐乎。从她的角度看不见朱总一家，他们坐在前一节车厢，车门是自动关闭的，她心里莫名有一点轻松，仿佛透上一口气来。不过心里的这个空间并不大，似乎刚刚够转个身，还不够走动和奔跑的。她换了个舒服点的姿势，闭起眼睛，想眯上一小觉。

但她睡不着，脑海里浪花翻卷，有一队队的小人儿在踏浪跳舞。她失眠的时候就是这样，头脑比清醒时还要活跃，不过这会儿她并不担心失眠，睡着睡不着无所谓。迷迷糊糊中她梳理了一遍行程计划，又像查漏一般把计划的每一项过了一下，将不周之处做了调整，心里感觉踏实多了。

微信一响让她立刻清醒了过来，她意识到刚才有片刻迷瞪了过去，脑子里的那些规划也是错乱的，就像梦里做的题目一样。她仿佛有特异功能似的听声音判断微信是戴敏娜发来的，一看果不其然，立马振作起来，她对这位从前一起租房的室友如今的职场知交有一种很难描述的情感上的依恋。戴敏娜的微信还是她一贯的简洁风格："到啦？"紧接着是："咋样？"

秦益心觉得前一个问题简单，后一个问题三句两句说不清楚。她迫切想给戴敏娜打个电话聊聊，心里这个冲动十分强烈，可老公就坐在旁边，她感觉多少有些不方便。如果像吸烟的人那样跑到车厢连接处去，她又觉得未免小题大做，说不定老公还以为她有什么不可告人的秘密。不知道是不是自己过于敏感，她觉得樊志同这次出来一直处于一种紧绷的状态，尽管不到“紧张”和“戒备”，但却有一种说不出的不放松，她也不知道该如何去消解他的不放松，她自然是知道症结所在，可她觉得早就是老夫老妻了，这个理解和体谅应该有的，难道他还不清楚她的用心吗？她还不是为了他们的家好？她懒得跟他解释，也不想用肢体语言让他和缓下来，心里想的是随他去吧。她给戴敏娜回了“一言难尽”四个字，随即把手机调成了静音。

她想想忽然觉得好笑，这次能成行要说也跟戴敏娜有着相当直接的关系，若不是她一味怂恿鼓动，若不是自己习惯了无脑听她的，估计是拿不出如此这般果断迅速的行动力的。从朱总委婉暗示继而明确向她表达这个意思，到两家人拖儿带女上路，一共不足二十四个小时，真的就是一次说走就走的旅行。也不知从什么时候起她遇到吃不准或者拿不定主意的事情就找戴敏娜，戴敏娜总是知无不言有啥说啥，对她的事情就像对自己的事情一样上心，甚至比对她自己的事情热情还高。她那种直来直去也不怕事后落埋怨的态度让秦益心对她产生了毫无保留的信赖，就像考试不会时抄邻座的，人家让抄，她便眼一闭心一横好赖就是它了。不过这么多年来戴敏娜在她面前确实是建立起了良好的信誉，秦益心发自内心承认她出的主意还是比较高明的。在她眼里戴敏娜聪明能干那是没的说的，关键是这个官员家庭出身的孩子嗅觉特别灵敏，无论是看文件还是听说话，她能够及时捕捉到一些旁人没留意或是留意不到的信息，加上她自己独出心裁甚至是匪夷所思的分析判断，总能及时有效地趋利避害，这也是令她很服气的，因此她也乐得不动脑子听她的。

昨天午饭后秦益心在电梯口碰到朱总，他请她到他办公室，像往常一样先是给她布置了一番工作，对她指导了几句当期专题的标题、内容要点及注意事项，又转身从保险柜里拿出几份红头文件让她抓紧时间看一下，提炼一下精神确定下期选题，说完这些他压低了嗓音，透露秘密一般对她说："那件事看来快了。"

她晕乎了一下，心里立刻明白他说的"那件事"指的是哪件事。去年年初编辑室主任老高到点退休，主任的职位空缺了快两年，一直传说要从别处调人过来坐这个位子，但却迟迟没有来。直到上月底，楼道里贴出公示，副主任宋波被任命为编辑室主任，腾出了副主任的位子。秦益心早就从消息灵通的同事口中听到过自己是呼声很高的人选，无论是从资历还是从水平来说，她无疑是很有优势的，宋波升迁，她又听见同事议论大概率会轮到她，虽然这不过是他们私下猜测，但她相信不会完全是空穴来风。

她满心喜悦，等着朱总往下说，可他却收住话头不说了。在她心目中朱总向来不是一个吞吞吐吐的人，至少对她不是那样，他不像总编辑老涂那样老谋深算说话喜欢藏头露尾，她觉得他是几位高层领导中最敞亮的一个，又是垂直领导她所在编辑室的，所以她跟他也比跟其他几位大领导走得要近一些。他像这样犹犹豫豫欲说还休在以前是很少有的，让她觉得有点古怪，不过她也没有多想。既然他不说，她理解他大概只是点到为止吧。

她正欲告退，朱总打个手势示意她再坐一会儿，一边利索地起身去关上了办公室门。他轻声告诉她上午开完编前会涂总把他找去说话，他面露羞赧地笑骂道：“他妈的也不知哪个孙子在背后瞎说我们，你听没听到？当然是一派胡言，纯属无稽之谈！”

她并没有特别惊愕，她想朱总平常比较庇护她，肯为她说话，对她的态度也确实更加友善亲切，别人乱猜疑也不算太不正常吧。

朱总带着被冤枉的愤懑说：“我都想不出是什么人喜欢背后瞎琢磨，没事都能给你编派出事情来。”他叹了口气又说：“别人不知道怎么回事，至少我们自己清楚吧。”

他两眼望着她，一脸无辜。她听了却没有激愤，莫名有点好笑，心里很好奇涂总为这么件没影的事情跟朱总聊些什么，也想弄明白朱总对她说这话的真实意图是什么。

朱总似乎不好意思对她复述涂总跟他的谈话，他讲得线条很粗，而且有点语无伦次，好多次一句话没说完自己就打断了自己。他忽然似乎有些委屈地说："涂总那么明白的一个人，老于世故，足智多谋，他不至于耳朵根子那么软，人说啥信啥吧？你知道他对我怎么说的——"他停下来，羞于启齿一般，过了片刻才接着说："涂总说：'你们要想办法自证清白。'"他瞪着眼睛，做出一副惊愕至极的表情，"我真想问问他怎么个自证清白法？清白一定能自证吗？既然清白还需要自证吗？"

她来不及细想朱总这些话里有没有更多的内涵，直接问朱总该怎么办。朱总沉吟片刻，突然换了很亲近的有点婆婆妈妈的絮絮的语气说："我相信俗话说的，身正不怕影子歪，主要是怕对你影响不好，你年纪轻，又是女孩子，名声玷辱不起，最主要的当然是你还恰好在有可能上升这么个节骨眼上。"

说完他笑眯眯地静观她的反应。

随即他又换了玩笑的口气自我解嘲般说："我在这里不是头号人物，也不在升迁的节点上，涂总刚过五十五岁，还是风华正茂呢，再说在一串的副总编当中我也不是排名最前的，那几位哪个不是雄心勃勃斗志昂扬渴望大展宏图的?”他换了一本正经的口吻说:“跟你说说也没关系,我跟涂总反复表过态,我会全心全意协助他工作,他对我也是相当不错的,我们在工作中配合一直都非常默契。”

她含笑听着,不明白朱总为什么要跟她说这些,追问他那到底该怎么办。朱总也笑,笑得很知己,仍用很像是玩笑的口吻说:“既然涂总给开出了药方,那咱们就照方抓药呗。”

她的脑子瞬间出现了短路,一时没想出这个“照方抓药”究竟怎么个做法。大概是看她发愣,朱总就像随口提起说明天就是周末,他准备休年假,再不休年前年后忙得陀螺似的又要休不成了,他打算带老婆孩子出去转一转透透气。她还是没有反应过来这与她有啥关系。朱总似乎只好把话说得更加直接些,他问她是不是年假也没休,他向她建议,如果可以的话,要不两家一起出去度个假,比如三亚或者什么地方,两家人在一块儿玩,还有什么比这个更能说明他们之间啥事没有的。

她想都没想一口答应。朱总让她还是回家跟先生商量一下再说。他送她到办公室门口,开门的当口轻轻拍了拍她的肩膀，用一种老前辈的腔调笑眯眯地夸奖她说："看你遇事不急不躁，这么沉得住气，真让我刮目相看，跟你刚来时大不一样了，确实是成熟了啊。"

她走出朱总办公室，就像回过味儿来一样觉得这事真有点莫名其妙，她也说不上是哪儿不对劲，就是感觉哪儿都不对劲。她在走廊里就给戴敏娜发了条微信，约她马上到新闻大厦底楼的咖啡厅见面，不搬救兵她觉得自己真有点搞不定这个状况。

戴敏娜火速赶到，竖起耳朵饶有兴味地听她把刚才朱总对她说的话原原本本复述一遍，她听得乐不可支，用看热闹不嫌事大的口气说："这下你麻烦了。"

秦益心问她为什么这么说。

戴敏娜说："这还用说？我给你翻译一下，去掉枝叶留下主干，就是朱总要让你跟他一起去海南休假，你愿意不愿意都得答应。"她用长辈般的目光望着她，叹了口气，自言自语般嘀咕说："不至于啊，按说朱光会算是个挺正派的人。"说完便吃吃地笑起来。

秦益心接上去说："可不是嘛，我对朱总印象一直挺好的。你说过，《论语》中子夏曰'君子有三变：望之俨然，即之也温，听其言也厉’，朱总还是比较符合的，怎么说他也算是个君子吧。”

戴敏娜说：“我说过吗？我已经忘了。再说人是会变的，谁也打不了谁的保票。”她咯咯笑起来，随即又说：“这可是对你和你家樊老师爱情的一次考验。”

说到“爱情”她语气很夸张，说完又是一通笑。

秦益心听了立马反驳说：“这我是最不担心的，我们早过到一个锅里了，谁怎么回事彼此都清楚，我想志同绝不可能想歪的。”

戴敏娜笑说：“那行，那你就踏踏实实地去吧。”

戴敏娜说得十分肯定，秦益心心里反倒又有点犯怵，踌躇地问她：“你帮我再想想，能不能不去呀？”

“当然不能。”戴敏娜一口否定，“你不但要去，而且要大大方方坦坦然然地去，还要事事周全，要不然人家感受不够好，你去也是白去。”她望着秦益心，眼中闪着狡黠的光，态度却是极其诚恳地替她出主意道：“朱总既然提出来了，你要是驳了他面子，就怕你提拔的事情上少了个帮你说话的人，还多了份阻力——姑且当我是小人之心，你姑妄听之。不管说是顺水推舟，还是将计就计，我看你只有一个选项，没有旁的选项。”

她听戴敏娜的话，不再犹豫。她给老公打电话，樊志同正在开会，她在电话里简单跟他说了准备这一两天全家去趟三亚，是朱总提议的，问他下周若是请假行不行，他回答说可以，随即挂了电话，没有多问她一句怎么忽然想起要去三亚，也没提一句疫情还没过去对出行会不会有影响。她想大概他早已经习惯了她自作主张，也习惯了她会有各种心血来潮的计划。打完电话她跑去对朱总说了，朱总笑得称心如意。

她立刻打开APP下单订机票和酒店，朱总和颜悦色地站在旁边看着，他没有提一句费用的事，只是用一种陷入美好回忆般的语调说道：“小时候我最向往坐火车出门了，火车和我心中外面的世界是密切相连的。你肯定想不到，考上大学我才第一次坐火车，我特别喜欢吃火车上的盒饭……”

朱总流露出与他年龄和身份不相称的憧憬，她愣了一下，说：“从北京到三亚您不会打算坐火车去吧？”

朱总哈哈大笑，说：“当然不是，不过旅行我还是最喜欢坐火车。”

她脑子一转，提出把飞凤凰机场改到飞美兰机场，然后再乘火车由海口到三亚，朱总的脸上瞬间出现了惊喜的神色。

不过她回到家便和老公发生了冲突。当她告诉他去三亚是和朱总一家一块儿去时，他不仅吃惊，而且非常生气。她说，下午不是在电话里跟你说得好好的吗？樊志同说，我还以为是你们单位组织的集体活动呢，我没心情陪你们领导。樊志同其实是个脾气不错的人，家里的事情也愿意让她做主，能听她的都听她的，像这样不通融还是很少见的。

他问她为何要和朱总一家一起去度假，她忽然发现竟然不能照搬下午朱总跟她说的那一番话，如果她说他们这一趟去三亚主要是为了她和朱总“自证清白”，她不知道老公会是什么反应，但无疑是越描越黑，刹那间她甚觉此事荒唐，也回过味来戴敏娜说的“这下你麻烦了”那句话的分量。不过她还是觉得樊志同莫名其妙，自己跟朱总的关系他应该是一清二楚的，她和朱总走得近一些不假，朱总对她比较关照也不假，但他们之间并没有太多私交，当然更谈不上有任何私情。每天她下了班就回家，采访或者加班盯版都会如实告诉他，时间地点都是相当明确，就像坐标一样准确无误把行踪框定给他，可以精确到分秒，而且从来没有含糊不清的时候。她认为樊志同理应像相信自己那样信任她，如果他以为她和朱总有事，那是对她诚信的践踏。所以一看他那副急赤白脸的样子她也气不打一处来，倏地跟他戗了起来，吵完两个人赌气谁也不理谁。

到夜晚临睡前她还是主动跟他和解了。她收拾完厨房便去洗了澡，连追的剧都没看，早早把儿子哄睡了，这样的信号他自然是明白的，态度也就软下来，不再一脸黑线绷得像张弓。她心里想的是这个时候不能跟他闹气，次日一大早就要上路，出门的各种准备工作还没来得及做不说，关键是他要是这副别别扭扭的样子去三亚也没意思。她主动给他泡了茶，主动削水果给他吃，主动和他说了话，还主动要和他做事。他说有项目报告没写完，突然要外出把原先的计划打乱了，人家还等着要，他得抓紧时间赶出来。虽然他拒绝了，但他已经完全缓和过来了。

她收拾行李的时候他很配合，不时主动从电脑前站起身帮忙找东西。他也不再追问她为什么只是和朱总一家去三亚，就像认命一般接受了这个安排，还跟她合计一些琐碎的细节，比如是带这口小一点的箱子还是带那口大一点的箱子，要不要带雨伞，还有不能忘记的一些小东西诸如墨镜、草帽、防晒霜、驱蚊剂、止痒水、湿纸巾，当然少不了口罩。她在给他和儿子找游泳裤的时候出现了一点小意外，先是怎么也找不到，翻箱倒柜老半天，能找的地方找遍了，就是不见踪影。后来终于在一只旧旅行包里翻了出来，还是上一次他们去郊外泡温泉回来忘记洗干净收起来了。两个人回忆起那已经是三年前的事情，那会儿小火星才三岁，他的游泳裤小得早不能穿了，樊志同的也是皱皱巴巴没模样了。这个钟点商店关门了，网上下单也来不及，她有点沮丧。他宽慰她这类东西三亚随处能买到，用不着为这么点小事费心。

她整理行装的时候，樊志同仔细地询问起她订的机票和酒店，她一向大大咧咧，在他看来比较粗心，所以这也是每次出行他必做的工作。她打开手机APP，调出订单让他看，他马上就看出了问题。他建议她把朱总一家的机票、火车票和酒店升级，机票改成公务舱，火车票改成商务座，酒店改成套间。她吃惊地望着他，以为他是故意这么说，甚至还以为他是找碴，看他一脸明朗的表情才明白并不是。

她说：“有这个必要吗?”

他没有马上回答，而是问她：“费用咋说?”她说没提，他肯定地说：“所以更应该这样了。”

她反过来有点心疼钱，略带不满地说：“去三亚是朱总提出来的，最关键的话他一句没说。”

他立马接上去说：“这样才好，这是给咱们机会。”

她听了心里忽地一亮，觉得樊志同准确无误地认清了这件事情，甚至比她认识得还要到位。

他这么理解和体谅她令她心情大好。她赶紧给朱总一家改票改房间。这趟航班公务舱的票已经售罄，只能到机场看看能否升舱。从美兰到三亚是城际列车，她在APP上竟然查不到是否有商务座，只好作罢。换客房还算顺利，她给朱总一家换了一个豪华套间，等了不到一个小时就接到了确认信息。弄完这些她定下心来，觉得还是老公想得周到，这样才算是跟随领导出游的样子。

2

他们一行人刚下火车就遭遇了一场急雨。这场雨让三亚的气温一下子降低了几度，变得凉爽，但他们是从天寒地冻的北方来的，这场瓢泼大雨丝毫不令他们愉快。好在秦益心预订的来接他们的车到得很及时，他们一点没被雨淋到，等他们到达饭店，雨也恰好停了。

可能还是因为受疫情的影响，五星海景酒店气派宏伟的大堂空空荡荡，他们扫了健康码，测了体温，很快就办好了入住。服务生开着敞篷电瓶车送他们去房间，朱总一家的豪华海景套房先到，秦益心问服务生另一个房间远不远，服务生说不近，电瓶车还要开几分钟。她问服务生能不能调换一下，服务生说不太清楚，要到总台去办理。朱总说就这样吧，不必麻烦了。秦益心忽然看见樊志同朝她使眼色，一下想起这个豪华套房是换过的，同时也领会了他阻止的意思。她和樊志同两个下车帮朱总一家把行李拿进房间，和他们约好晚上在自助餐厅见。

电瓶车在树林间穿梭，大约绕过了大半个酒店才到达他们的房间。秦益心带点抱怨说：“这个酒店看着都没什么人住，一起订的两个房间隔得这么远，也太不方便了吧。”

樊志同说：“豪华不豪华当然得有所区别，这样才能体现出一分钱一分货。”又说：“我看这样挺好，要离得那么近干吗？”

秦益心说：“那不是方便照应嘛。”

樊志同不以为然地说：“有啥要照应的。”又补一句：“又不是生活不能自理。”

秦益心短促一笑，立马意识到他心里其实还是不顺，不再说啥。

梳洗过换好衣服，秦益心和老公孩子一起去了自助餐厅。自助餐厅灯火通明，却空无一人，餐食都摆在了室外。朱总一家已经先到，正在餐厅前的草坪边上散步。他的太太丽琴和女儿樱樱都穿着漂亮的衣裙，打扮得花枝招展，秦益心顿觉眼前一亮。一路上她都没有好好看看她们娘俩，在她模糊一团的印象中她们就是一个面色灰暗的妈妈和一个神情呆滞的孩子。在机场见面时朱总向他们夫妇介绍太太，她甚至都没能记住她的名字，虽然之前订票的时候她看过她的身份证照片。细看之下朱太太比朱总年轻得多，大约要小十来岁，比她和樊志同也就大个两三岁的样子。在美兰机场朱太太曾跟随她一起去了趟卫生间，给她的感觉是她到了陌生的地方很晕菜，就好像不跟着她很可能找不到卫生间，或者再摸不回来。朱太太显得羸弱，胆怯，有点木头木脑，秦益心甚至怀疑她没怎么上过学。从洗手间出来她仍然跟在她身后，她生怕她跟丢，好几次回头去看她。有一个细节令她有所触动，在某次回头时她无意间发现她竟然化着很下功夫的眼妆，上下眼睫毛都用睫毛膏刷过，眼皮上涂了金色和红紫的眼影，但在长途颠簸中那些热闹的颜色脱落了不少，就像年久失修的古建筑一般油漆斑驳，倒是和她那张皮肤黝黑气色不佳的脸相对协调。这会儿她重新化了妆，眼睛周围仍是重点，睫毛刷得又长又卷，上眼皮和眼角赤橙黄绿青蓝紫涂了好几种颜色，因为衣饰艳丽，倒也不显得乍眼，只是仍然掩不住脸色的憔悴和神情的疲惫。朱总的女儿七八岁，小姑娘长得很纤细，一副瘦弱娇气的样子，眼神很戒备，就像一只受惊的小兔子，她不笑也不说话，一刻不离爸爸或者妈妈。倒是朱总气色鲜亮，十分放松，他换上了蓝白相间的T恤衫，白色短裤，一副地地道道到海边度假的打扮。平常上班他都是衣冠楚楚，忽然穿得这么休闲，显出身材发福臃肿的趋势，尤其是肚子微凸，秦益心生怕他不好意思，不敢朝他多看。

出于防疫的谨慎，两家人找了一张离别人很远的桌子坐下来吃饭。可能是时间尚早，吃饭的人不多，只坐了三五桌，零零星星坐得很分散。

“我们来对了。”朱总得意扬扬地说，“这里没有疫情，空气清新，不冷不热，犹如仙境。”

他说得一锤定音，大家都附和着笑。

他们两对夫妇在报社的年会上其实是见过的，但像这样坐在一起脸对脸吃饭还是第一次。刚开始大家没什么话，说得也是东一句西一句的，主要是朱总一个人说。朱总说起他最早来海南岛还是上世纪九十年代，“那时候这里赶上开发潮，遍地黄金，有‘十万大军下海南，各大财团抢地盘’之说，满大街都是炒房炒地者。我看文章里说在一楼签了房产购买合同，到六楼加价就卖了，我亲耳听人说早上来的晚上就有发了大财的，简直不可思议。”他感叹道，“海南真是一个迷人的地方，什么时候来都让人喜欢。一个地方和一个人一样，有历史，有经历，甚至是有波折就不一样，就有内容，有光泽，有不一样的气质，在我看来就有意思。”

他说起他有几位朋友同学大学毕业后都跑到岛上来发展，他也十分动心，差一点就过来了，没有过来的最大原因是家里希望他能到北京做官，他笑言他们村里的人认为到北京就是当官。秦益心和樊志同听得饶有兴味，朱太太一声不吭，脸上神情肃穆冷淡，似乎对这个话题毫无兴趣，或者早就听厌了。朱总话锋一转，说起那时候也是纸媒的黄金时代，报纸从传统的四版越办越厚，八版、十二版、十六版、三十二版、四十八版、六十四版甚至一百多版，早报、晨报、午报、晚报、日报、周报，办什么都火，翻开报纸尽是广告，甚至头版整版都是广告。他说那时候当记者十分风光，拿着记者证到哪里都很受欢迎和重视，真有无冕之王的感觉。报社的记者编辑待遇也相当好，收入高那是不必说的，那些跑消息的光收收车马费就比上班拿的工资要多，报社还时不常发东西，吃的穿的用的，从猪肉、牛肉、海鲜、鸡蛋、水果到卫生纸样样都有。报社分鱼整座新闻大楼都是腥的，水果多到追着吃都吃不完。他说当时报社流传一个笑话：不会过的把坏果子一扔还吃着几个好果子，会过的不舍得扔掉坏果子，结果吃了整筐的烂果子。优惠券打折卡多得数不胜数，大家拿了根本不当回事，见谁送谁。有时报社里一多半人穿着一模一样的衣服，进进出出就像穿着工作服一样，那都是厂家赠送的，或者是广告抵来的。办公室里的矿泉水和啤酒一年到头喝不完，赶上有酒企来做常年广告，上下夜班的人总有喝得醉醺醺的。最离谱的时候从上到下都喝高了，稿子都是蒙着脑子签发的。那时候酒驾管得还不严，哪天都少不了喝了几两免费白酒开车上路的。后来领导怕出事担不起责任，又拿广告换了个仓库把白酒锁了起来。秦益心和樊志同听了大笑，朱太太也笑，他们三个年龄相仿的人似乎找到了共鸣点，桌上的气氛一下子融洽了起来。

来吃饭的人渐渐多起来，香喷喷的美食一盘一盘端上来，长条桌上摆得琳琅满目，两个孩子兴奋极了，不过他们嘴大喉咙小，吃得不多，而且同样很挑食，拿来的东西有的尝一口就不吃了，有的连碰都不碰。他们吃得差不多的时候，旁边又新开了一个食亭，这个亭子样子别致，顶上盖着稻草，稻草涂了白漆，就像覆盖着一层厚厚的雪，一亮灯就吸引了两个孩子的注意。里面除了摆着一圈一圈色彩诱人的热带水果，还挂着三只烤得金黄喷香的小乳猪，两个孩子不约而同走过去，站在转台前面，目不转睛地盯着烤乳猪。

朱总马上起身走了过去，樱樱依偎着爸爸，朱总俯身问她："你是不是想吃啊?"

樱樱没有表态，似乎拿不定主意是想吃还是不想吃。小火星凑过去，一副垂涎欲滴的样子，哈喇子都快流下来了，他结结巴巴地说："小……小……小猪佩奇。"朱总对他的态度完全是忽略的，秦益心看在眼里，没做任何反应。小火星过来拉她，显得有点委屈。这次出来她才知道这孩子很敏感，短短一天不到就已经看清楚了自己的地位，有樱樱在场是轮不到他提要求的。

朱总耐性很好地问女儿："你想不想尝一尝?"樱樱点了点头，带着勉强。朱总如同得了恩准，马上叫打着黑领结文质彬彬的服务生给他女儿切一盘。服务生微笑着说烤乳猪不包括在自助餐里，是需要单独收费的。朱总朝他眼睛一瞪说：“你是怕我们付不起吗？”

秦益心赶紧抢上去说另收费没关系，服务生仍然保持着微笑说这三只烤乳猪是客人预订的，如果有需要只能预订明天的。

朱总不满地说：“不卖挂这里干吗呢？就不能调剂一下吗？谁能一口气吃得下去三只乳猪。”

服务生笔直地站着，保持着礼貌的微笑，没有通融的意思。

樊志同也赶紧凑上去好言跟他商量，问能不能先卖一只给他们，哪怕是半只也行，服务生还是强调需要的话可以预订明天的。

朱总再次俯身问女儿：“你真的想吃吗？要不就不吃了吧？”樱樱望着他，委委屈屈地摇了摇头。朱总换了口气又问服务生：“你们领导呢？跟你们领导说说去。”

服务生还是不失礼貌地微笑着说：“这里由我负责，您有什么需要都可以跟我说。”

朱总很不高兴，一挥手说："算了算了，不吃了。"

他拉着女儿的手回到座位上坐下来，秦益心和樊志同也紧随其后怏怏地走了回去。没能吃上烤乳猪，他们夫妻两个都是一脸的歉意。

晚餐草草收尾，两家人一起去海边散步。

天暗下来，还没有黑透，四周一片幽蓝。小风一阵阵吹过来，海水轻拍沙滩的声音有节奏地响着，暮色中的海面平和宁静。朱总拿着手机给樱樱拍照，把樱樱拍得很不耐烦，他一直在低声下气哄她。樱樱突然就跑开了，他去追她，追上之后又给她拍。

等他们过来与大家会合，朱总提议拍个合影，但光线已经很暗了。樊志同找了个路人把手机调好请人家给他们按两张，这时候樱樱又一次跑开了，合照也就没有拍成。朱总有些遗憾地说："我还准备过会儿发朋友圈呢，这小妮子太不给面儿了。"

大人们一错眼工夫，樱樱和小火星捡了两把小铲子，两个脑袋扎在一块儿在海滩上挖起了沙子。两个孩子玩得特别投入，朱总赶紧拿出手机咔嚓咔嚓拍个不停，边拍边自言自语："抢到一张是一张啊。"拍了一阵，他很得意地拿给秦益心看，朱太太和樊志同也凑上去看。他拍的每一张照片都只有自己女儿，完美地避开了跟樱樱挨得很近的小火星，秦益心笑得就很不自然。她朝樊志同看去，两个人的目光碰了一下，樊志同脸一冷，立刻掏出手机给小火星拍。但光线实在太暗，他的手机又不好，照片拍出来黑乎乎的，效果很差。

风凉下来，朱总怕女儿冷，提出回屋休息。两个孩子正玩在兴头上，意犹未尽，不肯回去，大人们站在夜色笼罩的沙滩上又陪了一会，最后连哄带骗把他们弄了回去。

回到房间，秦益心甩掉鞋子，仿佛卸下负担似的长出一口气。这一天她快累散架了，睡眠不足加上旅途劳顿，身体疲惫之外主要是心累。樊志同一进门也瘫倒在沙发上，他刷着手机，一副不想动的架势。只有小火星还是劲头十足蹦蹦跳跳。

秦益心开箱找衣服准备给小火星洗澡，忽然听到一阵奇怪的声响，她一看他正用力去推大床，问他这是要干什么，他不作声，埋着头吭哧吭哧使劲。秦益心看明白他是想把两张大床并到一起，笑着帮他去推。樊志同远远瞄了他们一眼，嘀咕道：“又是这一套。”

床拼好了，小火星爬上去翻滚蹦跳，秦益心抱怨他弄得满床都是沙子，拖了他去洗澡。等一家人都洗过澡躺到床上，小火星四仰八叉睡在床中间，一会儿滚向爸爸这边，一会儿滚向妈妈那边，兴奋异常，一点困意没有。

两个大人各自刷着手机等孩子睡着。秦益心躺下不久就睡着了，捣蛋的小火星又把她吵醒。樊志同说她：“你倒好，哄孩子睡觉每次都比小孩先睡着。”说完他转过脸去吼小火星：“快睡快睡，别吵个没完，再闹我揍你。”

小火星一吓，转身钻到秦益心怀里。她搂着孩子，没过多会儿竟然听到樊志同响起了鼾声。她用脚碰了碰他，说：“你睡啦？”

樊志同不耐烦地“嗯”了一声。

秦益心嘟囔一句：“那就算了。”

隔了片刻，樊志同就像梦呓般说道：“荷尔蒙水平低了。”说完翻了个身，很快又响起了鼾声。

秦益心却没有了睡意，她心里涌过一阵失落和沮丧，并不太强烈，却萦回于心。倒也不是因为老公没兴致，而是她隐约感到他们的关系变淡了，远不如结婚之初。她尽量不去多想，自我安慰都老夫老妻了。她继续看手机，这已经成为她例行的睡前消遣了。

她打开朋友圈，看到朱总刚刚发出一条，他贴了三张照片，一张是奢华的酒店大堂，由于拍摄的角度，看上去比真实的更加富丽堂皇，一张是椰子树下的海滩，夕阳西下之后满目幽蓝，调子十分浪漫，一张是他正在玩沙子的女儿，细腻的面颊沾着沙粒，娇憨可爱，文字很简单，就两个字“假日”。她立刻给他点了赞，想写句评论，还没想好写什么，忽然有微信进来，一看正是朱总发来的。

他告诉她自己已经发了朋友圈，让她也发一个。她答应了，斟酌了一下，同样挑了三张照片，一张是酒店的外景，一张是海边成排的椰子树，还有一张是小火星挖沙子的照片，那是樊志同拍了发在家庭群里的，因为光线不足，几乎看不出来是小火星，模模糊糊的一团就像趴在地上的一只小狗。她把三张照片选好之后发给朱总过目，朱总立刻像往常审稿一般回过来一个字“发”。她配的文字也是与朱总的相呼应，同样只写了两个字——“小憩”。

她刚发出，就有同事点赞，不一会儿已经点赞和评论一片。和通常一样评论都很正面和友好，大都是“好羡慕”“好开心”一类，也有三两个同事表示惊愕，一个说“呀，我们这儿挥汗如雨地加班，你跑优美的大自然度假去了，还有丝毫公平可言吗”，一个说“天哪，我没看错吧，你和领导在一起？不会是假公济私吧……”，当然，后面都配着一连串夸张的小表情，一看就是跟她逗着玩的。那两位都是素日跟她关系极好的，她边看边笑出声来。她觉得发这个朋友圈效果起到了，别人不说，朱总应该是满意的。

正这么想着，朱总又发来微信，告诉她涂总也给他点赞了，能感觉到他情绪相当好。他们在微信上用文字聊了片刻，朱总发来一句：“这下涂总应该挑不出啥毛病了吧？感谢他老人家，我们也可以高枕无忧了。”随即他发过来一个熄灯睡觉的动图。

她心里不由得咯噔一下，这些话和动图都没什么，微信聊天中很常见，但朱总发微信向来简洁，在她看来保持着他一贯沉稳谨慎的作风，平时除了工作他从不给她发微信，即便是发工作信息也都是言简意赅，几乎没有感情色彩，今天一反常态，让她感到突兀。现在他们在度假地，同住一个酒店，又是深夜时分，他给她发这些，令她不能不多想一些。

3

第二天他们换了一家酒店，因为吃早餐的时候朱总抱怨房间里有蚊子，而且还有叫不出名字的小虫子，在樱樱身上咬了好几个大包。他告诉秦益心，他大半夜打电话到前台，让他们送电蚊香，等了快一个钟头服务员才送到。可能是蚊香片过期了，或者是房间太大，并不管用，他只能为女儿手动驱蚊，折腾得一夜没怎么睡。

秦益心听了深感抱歉，她倒是带了驱蚊剂和止痒水，但她没有想到给朱总他们也备一份，房间是她订的，有蚊子加上服务不好，责任自然是她的。她立刻在手机APP上另选了酒店，让朱总过目，朱总挑了一个网红酒店，早饭之后他们就搬了过去。

这家网红酒店坐落在一个很美的小海湾里，没有之前的那个五星海景酒店气派，却雅致幽静，更加舒适。价钱要比之前的酒店贵，朱总满意，秦益心觉得也还值得。

两个孩子对住哪里并不在乎，他们的兴趣点还是在挖沙子上，朱总笑说挖沙子在北京也可以，没必要大老远跑海南来——他的神情和语气是欢娱的，带着满满的“凡尔赛”味道。这个酒店卖品部有整套挖沙子的工具出售，比昨天两个孩子在沙滩上捡的别人的铲子和塑料小桶要高级得多，樊志同给他们一人买了一套，让他们挑了自己喜欢的颜色，又给大家添了一些游泳衣裤、护目镜等等东西，两家人拎着这些行头到海边去玩。

这个酒店的海滩比上一家酒店的海滩要大得多，经营项目也丰富多彩。据说疫情之前这里店铺林立，是个热闹好玩的地方，不仅外地游客来得多，当地人也常来这儿玩。现在只有冰淇淋店、果汁店、饭馆、礼品店等等还开着，人气不旺，有的店里售货员比客人还多。两个孩子专心致志地挖沙子，朱总跑过去指导，樊志同也跟过去帮忙，两个爸爸协助两个孩子挖了一个很大的沙坑，又把挖出来的沙子绕着沙坑堆成一道长长的围墙，他们埋头干活，忙得有滋有味。

只剩下秦益心和朱太太斜靠在海边的躺椅上，秦益心觉得自己必须和她说点什么，不然两个人就太尴尬了。可是她不知道跟她聊点啥才恰当——既保持礼貌又不显得生分，还最好不涉及朱总，免得有刺探隐私之嫌，她的脑子在那一刻出现了短路。她的目光落在朱太太脸上，发现她这天居然没化眼妆，眼睛周围干干净净，睫毛很淡，似有若无，一张脸也因此缺乏生气。秦益心还有一个发现，就是朱太太有些兜齿，不仔细看是看不大出来的，她也因此笑起来显得很天真，不笑的时候便有点苦相。这天她穿了条五分裤，露出修长结实的小腿，一件烟青色真丝长衬衫，风一吹贴在身上，勾勒得身材线条很好，既苗条又凹凸有致，腰肢挺拔，没有赘肉，很有几分少女感，又颇有成熟女人的风韵，竟跟昨天一脸疲惫强打精神给她的印象判若两人。秦益心心里不由得对她嫁给年纪比她大得多的朱总感到好奇。

朱太太明显比昨天放松，她夸秦益心一头秀发好漂亮，问她是怎么保养的。秦益心立马想起说话刻薄的戴敏娜说的，如果一个女人不漂亮就夸她年轻，不年轻就夸她苗条，不苗条就夸她秀气，不秀气就夸她时尚，不时尚就直接喊她美女，反正女人听别人叫自己美女都不会脸红。她在心里暗暗评估了一下朱太太对自己的看法，嘴上客气地说了声“谢谢”。

两人没聊几句，朱太太就单刀直入地问她和先生是怎么认识的，是不是青梅竹马。秦益心不知道她怎么会想到他们是青梅竹马，告诉她自己和樊志同是工作之后认识的。她停了片刻，又告诉她他们是通过相亲网站认识的。朱太太听了一脸吃惊，大概怕不礼貌，她努力掩饰着惊讶说：“怎么会呢？你们看上去可一点也不像是网上认识的。”

朱太太说得认真而诚恳，秦益心觉得好笑，理解她这么说不是出于偏见而是出于好意，更加认定了她是个简单的人。她顺嘴问她跟朱总是怎么认识的——平心而论，她并非出于八卦之心，就是闲聊而已，没想到朱太太即刻收敛起笑容，显得怅然若失。

她吓了一跳，以为踩雷了。

朱太太微皱着眉头说："我们真的是阴差阳错。"她嘴角卷起一丝苦笑，"本来说不定我还能和你做同事呢。"

朱太太告诉她大三那年她到他们报社实习，因为是通过一位官很大的亲戚介绍去的，朱光会对她特别关照，亲自带她去采访，亲手给她改稿。那时候他是编辑室主任，帮她发了不少稿，还与她联名发表文章，对于一个实习生来说简直是殊荣，她成了他们一块儿来实习的那一拨学生中的佼佼者。她以为自己十拿九稳可以留在报社，可是录用的名单里却没有她。那会儿朱光会不仅业务上很帮她，而且与她走得很近，连饭卡都给她用，她对他太信任了，没有再去找亲戚帮她打招呼。看到那么个结果她蒙了，跑去找他，他竟然直接跟她表白，说想要跟她结婚，还说两个人在一个单位不方便，也没必要。

"那会儿我啥也不懂，没有社会经验，总觉得这件事不怎么对劲，但架不住他左说右说——他可真能说啊，大道理小道理，真的假的，有的没的，就把我说动了。我稀里糊涂跟他谈起了恋爱，他帮我在他一个朋友的公司里找了个工作，随随便便就把我打发了。”

秦益心听了不知说什么好，她不清楚这对朱太太来说是不是一个更好的结果，即便是，她也不清楚如果说出来她听了会不会高兴。

朱太太似乎并不在乎她的反应，继续往下说：“我这个人运气总是不太好，就是人家说的点儿背，比如排队买东西，轮到我就没有了，抽奖我从来就没抽到过。当时我回家一说，我爹妈都反对，一是嫌他年纪大，他比我大了一轮还多；二是嫌他之前结过一次婚。我爸反对得尤其厉害，说他城府深，甚至对他的人品打了问号。我爸那个人是很偏激的，在家里霸道惯了，我在他面前从来就是个小绵羊，但是那次我反抗了，那是我一生中第一次违背他，也是唯一的一次吧。我偷了户口本跑去跟朱光会登记结婚了。不怕你笑，因为那时我已经怀孕了，如果不结婚的话，麻烦更大。”她叹口气，“唉，不敢回头去想，当时真的是进退两难。”

秦益心听她一口气说了这么多，有点消化不了。虽说她觉得其实就是女孩们谁都可能遇到的普普通通的事情，当人家毫不设防地脸对脸亲口告诉你，你听了心里还是会震动。何况她的老公还是她的领导，她更加确认朱太太不仅头脑简单，而且真如她自己说的缺乏社会经验。

她们两个正聊着，朱总远远地招手喊她们过去，她们这才发现爸爸和孩子早就不在不远处的沙滩上了，连他们挖的沙坑和码的沙墙也已经被海水冲刷得干干净净。

她们朝朱总走过去，他把她们带到一个游乐厅，樊志同正领着两个孩子在玩游戏。樱樱对抓娃娃表现出极大的兴趣，可是她对那个不听使唤的“手爪”束手无策。她自己抓不起来，让爸爸帮她抓。朱总很有耐心，他试了一次又一次，似乎比樱樱兴趣还大。他仿佛突然找到了窍门，轻而易举就把一个小兔子抓了出来。樱樱快乐地大笑起来，要爸爸再去抓别的玩具。朱总按女儿的指示兴致勃勃地去抓下一个目标。他状态极好，女儿指哪打哪，没有失手的时候。他对着樱樱的耳朵给她传授秘诀，让她再试试，果然她很快也找到了门道。她一口气抓出了好几个毛绒玩具，在朱总的鼓励下她竟然抓到了箱子里最大的那个娃娃。周围响起一片喝彩声，樱樱的小脸蛋红扑扑的，显得特别高兴，朱总也是满脸放光，既得意又开心。

结账的时候遇到一点小麻烦，店主除了收取游戏币的钱，还把每个毛绒玩具都算了钱。秦益心说，抓上来的玩具不是奖品吗？樊志同也说，我们在哪里玩都是只用交一道钱，抓上来的玩具应该是白送的。店主用听起来很费劲的普通话说，我们这里是分开来算的，要不然你们把娃娃都抓走了，我们就要赔光了。秦益心跟店主分辩说，抓出来的娃娃还得付钱，那这是玩啥呢？店主理直气壮地说，就是玩个乐趣嘛。又说，你们去钓过鱼吧？钓上来的鱼不是也要额外收钱的吗？樊志同说，这是两码事，规则不同。店主说，规矩是人定的，在我们这里玩就要按我们这里的规矩，对不对？朱总声音很响地插上去说，你们这是啥规矩嘛，你们这叫霸王条款。店主还是不依不饶。朱总火了，说，这些破玩具我们一个不要，你都收回去，这总可以了吧？店主还是不肯，说，你们把鱼钓上来说不要了能行吗？

两边相持不下，围观的人多了起来，人群里还闪现出两个戴着大金链子文着大花臂的汉子，秦益心害怕惹出事情来，向樊志同使眼色，樊志同便不多说什么，把账结了，花了四百多块钱。朱总还要跟他们理论，被朱太太劝住。

店主收了钱，变得和颜悦色，去找了个塑料袋，把朱总和樱樱抓出来的玩具塞进去，满满地装了一兜。朱总拉着樱樱气呼呼地走了出去，樊志同只好接在手里，一路帮他们提着。

午饭之后，朱总因为夜里给女儿赶蚊子没睡好要补觉，两家人便说好自由活动。这家酒店有个特别大的环绕游泳池，游泳池里到处有游乐设施，秦益心和樊志同带着小火星去游泳，玩到四点多钟，大人和孩子都累了，便回房睡觉。

秦益心睡醒时，已经是薄暮时分，她看父子俩睡得正香，轻手轻脚下了床，换了衣服，一个人下楼去院子里闲逛。

酒店的院子很大，风景秀丽，四处水声潺潺，极目远眺便是一望无际的大海，此刻海水是灰蓝的，更远处是灰白色，还有一抹余亮照在上面，把那窄窄的一条海面染成了金色，再后面便是一片灰暗，毫无过渡。她正眺望海面的时候，旁边的树木扑簌簌落下一些叶子，她扭头望去，这片错落有致很有设计感的树林之中有一座小山，奇石垒成，山前影影绰绰有一个眼熟的身影，细看不是别人，正是朱总。

她踩着鹅卵石小径分花拂柳疾步走向朱总，自己心里忽地好笑起来，觉得这个情景很像古代小说中才子佳人幽会，当然她对朱总完全没有那种感觉。离他还有十来米远，朱总回过头来，大概是听见了她的脚步声。他竖起一根手指，朝她打了一个噤声的手势，她定睛一看，原来前面的假山石上有两只大猫正虎视眈眈盯着对方，不时发出凶悍的带威胁性的叫声。她放慢脚步走近朱总，跟他一起默不出声地看猫儿打架。

两只大猫一直对峙，严阵以待，却谁也没有出手，不时发出凄厉却婉转的叫声。朱总看得饶有兴味，秦益心却看糊涂了，她以为是两只公猫争抢地盘或是争夺母猫，却发现似乎并不是这么回事。她想象公猫争地盘或者争异性应该打起来才对，那样才能决出胜负，像这样光是扯着嗓子高叫肯定是不解决问题的。而且这两只猫

不仅没有准备厮杀和决一死战的意思，反倒越对峙越松懈，甚至在慢慢靠近，彼此竟变得温柔起来。

朱总转过脸对她嘿嘿笑着说：“我看了半天才闹明白，人家不是打架，是在谈恋爱呢。”

听朱总这么一说，她才恍然大悟。

朱总用一种就事论事的口气说：“在我们农村，牛是干活的，狗是看家的，猫就是抓老鼠的，城里人把猫当宠物，甚至当孩子养，猫在城里的地位真是高啊。”他带着感叹说：“说出来也许你不信，我上大学以前没到过县城，别说大海了，连条像样的河都没见过，我们那里还有人一辈子连村都没出过的，能过上现在这么好的生活，放那会儿我做梦都不敢想。”

朱总这番话让秦益心不知该怎么接，在她看来，他身上农村出身的痕迹已经相当淡了，他要不说她根本就不会想到。

朱总话头一转说：“上午我看你和丽琴两个在海边聊得还挺投缘，你们都聊些什么呢？”

秦益心笑，心说这话他应该问他老婆才对。她自然不会把朱太太对她说的那些话说给他听，她料想他听了未必高兴。她便像是很随意地说：“也没聊什么，就是女人之间日常的话吧。”

朱总哈哈笑了两声，说：“丽琴是个单纯的人，没心眼，你不说我也能猜到她会跟你聊点啥。”看她没说话，他又说：“她大概率会问问你和志同是怎么走到一起的，她这人好奇心强，还有就是估计她会跟你说我们之间的那点儿旧事。”

朱总说得不容置疑，秦益心听得都呆了，她从认识朱总起就感觉他非常聪明，没想到他对老婆了解如此之深，连她会跟她聊些什么都能如此料事如神。她感到心惊，模模糊糊想到不知道樊志同对她是否也这样，如果男人都有这样的智商和观察力甚至是第六感，女人在他们面前岂不成了透明人？她不由得吐了下舌头。

朱总又说：“我关照过她，别跟我同事瞎扯那些陈芝麻烂谷子，看来她不是忘了就是没憋住。”

秦益心赶紧替朱太太辩解说：“我们聊的都是些很平常的话，她说她来我们报社实习时您是她师傅，是您带的她，还帮她发了不少稿子。”

没想到朱总听了却深深叹了口气。停顿了一下，他说："唉，当初水灵灵的一个小姑娘，几年一过就跟换了个人似的。来我们报社实习那会儿她漂亮，机灵，学什么上手都很快，领悟能力非常强，又肯听话，我一眼就把她给看上了。那个时候我离婚也有好几年了，想着自己年纪不小该重新成个家，跟她就直奔主题了。她老说我'泡妞泡成了老公'，其实根本就不是那么回事。倒是她结婚之后成了一个地地道道的家庭妇女，工作早辞掉了，啥也不想做，只想靠男人。这个我也不好说什么，说了好像挺小气的，可是她眼神空洞不求上进的样子，我看了还是觉得挺痛心的。我反思过她是不是被我耽误了，用她的话说是被我摧残的，可我其实是支持她上进的呀。"

秦益心没吭声，她觉得不好接话。

朱总苦笑了一下又说："我听人说——好像还是个很有名的人说的，无论你娶了谁，等娶到家肯定不是当初相中的那个人。这话很残酷，因为太真实了。"

朱总这么说自己老婆，或许他就是实话实说，秦益心听了还是非常尴尬，她想把话岔开，但习惯了不打断领导说话，便一言不发地听着。

朱总显然察觉到了她的不自然，他哈哈大笑起来，说："我可没有泛指的意思啊，我相信你家志同跟我的感受肯定是完全不同的。"

秦益心笑笑，不置可否。朱总目光在她脸上停留了几秒，他意味深长地笑了笑。

"不过话又说回来，婚姻再将就，有个家还是好的，这是我的感受，我相信肯定也不光是我一个人的感受。"朱总就像是总结人生经验一般平心静气地补充道。

"是吗？"秦益心笑着反问。

朱总也笑，他收了笑，以一种带着真情实感的口气说："我年纪轻的时候看人家一家人走出来整整齐齐的，就非常羡慕，觉得他们一定很幸福，有了年纪之后当然就不会这么简单了，明白其实不少人家过得鸡飞狗跳，一家人凑在一起也是一盘散沙，家就像木桶上的箍，硬把一个个人箍在一起而已。我结了两次婚，有时候还是会困惑，想不好如果人生从头再来一次，我会不会选择婚姻。"

秦益心听朱总的话似乎前后矛盾，但他的情绪却并不矛盾，仿佛说什么都很有道理。她认真地听着，应和着，并不细究。

“我前面一段婚姻很短暂，不到一年就离了，好在没有孩子。”朱总说着，穿过树林信步往前走去，“真不敢想象如果有了孩子会怎么样。如果那个孩子就是樱樱，我想打死我也不会有勇气离婚的。”

秦益心跟随着他，跟他保持着相应的步幅节奏。

“我跟丽琴结婚最大的成果就是有了樱樱，我跟她也说过，她自己也这么说，我和她倒是都挺直爽的，是吧？”朱总爽朗地大笑起来。

他们走到一片开阔地带，一群水鸟在他们身边无声无息地飞着，暮色又深了一层。酒店的路灯和地灯忽地亮了起来，灯光倒映着水面，四周一片璀璨世界。他们突然陷入了沉默。

朱总转身折返，她跟着他慢慢往回走。

走出一段，朱总轻轻笑了两声，声音很低地说：“我还笑丽琴好奇心重，要说我自己也是一样，老话说‘家家都有一本难念的经’，但我看你和志同就不像是那样。你们一看就相当不错，用‘郎才女貌’形容太俗了，说‘天造地设’又太夸张了，你们看着就是那种很和谐很默契的夫妻，让我很是羡慕。”他带着一点迟疑，又说：“还真有点出乎我意料。”

他说得十分诚恳，秦益心听了不由自主脸红了起来。

朱总侧过脸，两眼凝望着她说：“让我说对了是不是?”

“也不完全是吧。”秦益心羞涩地说，“有时候我们也会吵架。”

“吵架只是表面的磕碰，夫妻之间这是在所难免的，我指的是更加投契的那种东西——”朱总说。

秦益心老实地承认：“他对我确实是很好。不知道他对我是否满意，我对他是挺满意的。能嫁给他这样一个人，也算是运气不错吧。”她说得很由衷。

“哦，你的满意度挺高啊。”朱总说，“我冷眼旁观，你这个人很善于合作，也愿意配合别人，这确实是美德，很难得。”

他又一次对她展露意味深长的微笑。

她有点不好意思，慢慢移开了目光。

他们走回到刚才看猫儿打架的假山石边，两只大猫已经不见踪影，朱总驻足观望，他专注的样子就像在寻找某种答案。假山石旁有个椭圆形的莲池，静静地漂着几团睡莲，荷花灯亮着，满池生辉。

“花间一壶酒，独酌无相亲。”他慢慢吟道。

“举杯邀明月，对影成三人。”她就像下意识一般随口接了上去。

朱总显得神思悠远，他说：“以前我不懂，或者说没有真懂，现在似乎懂了。”

他忽然沉默了，没有再说下去。

她一愣，觉得自己刚才冒失了。

“看！”他说，“快出来了。”

她以为是说猫，但朱总说的是月亮。

天空有云，而且云层挺厚，一朵边缘不规则的云边上透出一些光亮，月亮的踪影很模糊。

“也许要再耐心等一等。”朱总用听上去带点抒情色彩的语调说，“今晚的月亮应该是很圆很亮的，只是被云彩挡住了。”

秦益心听着，感觉他似乎一语双关。

就像一个插入的片段一闪而过，朱总回到现实，接上刚才的话头说："志同是个很不错的年轻人，长相英俊，聪明得体，对你那自然是没的说，作为一个丈夫，应当说相当达标，你确实应该很知足。"他显出推心置腹的神情说："不过——"他停顿下来，没有马上说下去。

秦益心望着他，等着他的下文。

朱总似乎不大想往下说。

她凝神敛气地等着，一时间气氛似乎有些紧张。

"我还是说了吧。"朱总好像跟自己妥协，"我有个感觉啊，也不知道对不对，你聪慧，伶俐，要强，业务上算是很拔尖的，依我的判断，你与志同算是旗鼓相当，他对此能接受吗?"

秦益心笑说："他有什么不能接受的呢，他对我一直是很支持的。"

朱总摇头说："我看未必，要知道有时候男人说话是言不由衷的。"

秦益心直截了当地说："他不会，我们之间还是很坦诚的。"

朱总幅度更大地摇着头说："你没有理解我的意思，

我是说志同对你应该更加包容。”

秦益心显得毫无城府地说：“他挺包容我的呀。”

朱总说：“那我这么说，你需要一个更加包容和支持你的人。”

秦益心虽然后知后觉，但也听明白了他这些话里的潜台词。她心中大惊，甚至不相信自己的感觉，但嘴上立马转弯，说：“对对，现在是我很包容他。”

朱总马上露出了欣慰的笑容，像小学生一样用胳膊肘轻轻碰了碰她，和她对了下眼神。她以为他会哈哈大笑，但他并没有笑。她心里一动，立刻想到他们在工作中那些特别默契的时候。

4

晚饭后两家人一起去歌厅。去歌厅是朱总的提议，理由是“怀旧”。他们去的这个歌厅还是以前KTV的样子，包房很大，有一个小小的舞池，装潢却是非常时尚新潮，音响一流，灯光设计得也时髦别致，一条条的灯带会随着音乐飞舞闪烁，很有气氛。朱总和朱太太一走进歌厅都是满脸放光，情绪格外好。朱太太以神秘加得意的语气告诉秦益心歌厅是朱光会的大爱，秦益心马上对樊志同说朱总是很棒的男高音，在报社里唱歌无人能及。朱总瞬间笑容灿烂，谦虚地说年轻的时候喜欢唱歌，多年不唱嗓子锈住了。樊志同夸他不算老，正当年。秦益心赶紧替老公补台说："朱总现在就很年轻。"朱总听了笑得十分开怀。

朱总兴致勃勃地拿起麦克风，不过他没有马上开唱，而是把麦克风递给秦益心和樊志同，一定要让他们两口子先唱。樊志同不爱唱歌，也不怎么会唱，秦益心便让朱总和朱太太唱。朱太太也不推托，落落大方地跟朱总一起唱起来。朱太太也有一条宽阔嘹亮的好嗓子，歌唱得非常好，丝毫不在朱总之下。他们夫妻唱得声情并茂，水乳交融，秦益心被他们的歌声打动。若不是之前朱太太在海边和她说过那些话，还有朱总在院子里散步时跟她说过那些话，她一定会认为他们两口子是她见过的最心心相印的夫妻。

朱总两口子合唱过之后，朱总邀秦益心唱，她与他唱了，他又让樊志同与秦益心唱，他们勉强唱了一首，唱得干巴巴的，远不如朱总和朱太太的水平，之后无论朱总和朱太太怎么劝，樊志同都不肯再唱。两个孩子对这样的场所兴趣不大，玩了一会儿便待不住了，闹着要走，樊志同便自告奋勇带他们去吃冰淇淋打游戏。

他们一走，大包房里就剩下朱总、朱太太和秦益心三人。朱总夫妇轮番上场，唱得甚是高兴。秦益心不爱唱，他们也不勉强她。

朱太太唱的时候朱总便邀秦益心跳舞，他自然而然地拉起她的手，把她揽在臂弯里，随着歌声摇曳晃动。朱太太脸对着屏幕唱歌，心无旁骛，十分投入的样子。秦益心起先略有不安，她拘着，有点放不开，甚至把舞步都迈错了。朱总跟她完全不一样，他很松弛，而且潇洒，尤其是带着她转圈的时候，转得又圆又美，还要她把胳膊伸开，做出优美飘逸的舞蹈动作。她不太好意思，按他的意思做了动作，但做得很不到位，肩膀没有完全打开，胳膊伸得也不直。朱总的手指在她腰间轻轻敲了两下，简洁地命令道："身体别这么僵硬。"

他是挨在她耳边说的这句话，嘴里温热的气息喷在她脖颈上，她联想到早晨推开窗户感觉到的植物叶片间飘散的薄薄的水雾，她感觉脖子痒痒的。朱总握住她的那只手微微加了点力，那股力像电流一样迅速流遍她的全身，仿佛给她注入了一股丰沛的能量，她感觉自己轻盈得就像一只鸟一样。她调整了姿态，跟上了他的节奏，心情也瞬间放松了下来。

朱太太唱得入心动情，她温柔婉转的歌声也为他们跳舞带来了一种唯美和超脱的气氛。朱总把她搂得紧紧的，她不可抗拒地贴近了他。跳舞带来的轻快愉悦的感觉席卷了她，她不再分心，完全沉浸到跳舞之中。她的肢体软下来，变得柔韧。她心里升起的是一种温暖、踏实的感觉，有点类似于安全感。她情不自禁地想起她刚到报社时朱总对她的种种帮助，他为她仗义执言，为她争取到一些好的机会，甚至对她的稿子提出一针见血的意见和批评，所有这一切，她感受到他都是出于真心，至少，他没有在任何事情上害过她。这样一个人，作为领导，作为男人，都得到了她的尊重。此刻，她和他相拥而舞，他彻底放下了架子，她内心深处不由得涌出另一种情愫，觉得他就像是一个亲人一样，她不由自主沉醉于他们两个犹如一体的感觉之中。

秦益心从歌厅回到房间，老公和儿子已经回来。小火星见到她就像久别重逢一般不顾一切扑进她怀里，樊志同还是习惯性地躺倒在沙发里刷手机，她进门他没有明显的反应。秦益心抱起小火星，笑嘻嘻地走过去拖他起来，叫他去洗澡，他身体沉沉的根本拉不动，而且很不耐烦，嘴里嘟囔一句“我不洗”，翻了个身闭起眼睛装睡。秦益心明白他心里不爽，觉得无趣，也不好明说，还是笑着推他，又叫小火星帮忙哄他，才算把他逗开心了。

三个人洗完澡上床，小火星又当仁不让要睡在他们中间，秦益心连哄带骗把他抱到另一张床上哄睡了，回过身发现樊志同竟然也已经睡着，而且睡得十分香甜。她正犹豫要不要叫醒他，忽然听见一阵响声，好像是家具发出的，不算太大，却十分清晰，那种咯吱咯吱有节奏的声音让她一下子会意到墙壁那边正在发生什么。她下意识地屏住呼吸，似乎生怕自己的呼吸声也会传过去。

那种声响结束得很快，随后隐约传来男女的说话声和男人浊重的咳嗽声，那些声音令她很不安，甚至令她心惊。她非常担心听出熟悉的味道，甚至模模糊糊想去遮掩那些穿墙而来的声音，然而立刻醒悟自己无能为力。在某个瞬间她很恍惚，心里有一种说不清的羞愧和无处藏身的感觉。

她发现樊志同醒了，他用十分清醒的声音说："这房间的隔音特别不好。"

她条件反射一般问他："你也听见啦？"

他说："你去洗澡的时候我就听到了，也不止一起两起，这楼里的入住率看来还行。"

她居然暗暗松了口气。

她在老公身旁躺下来，伸手搂住了他的脖子。忽然又有一阵声音传来，好像是女人的哭泣声，隐隐约约的，似乎很压抑。不一会儿那个声音大起来，带着某种旋律一般，随即是杯子之类摔碎的声音，夹杂着男人的说话声，哭声小下去，慢慢止息了。她侧耳静听，感觉是朱太太，又下意识地希望不是她。她发现樊志同也同样在凝神听着，不过他没什么反应。

他挣脱开她，不耐烦地说："我很热。"她又一次搂住他，他往另一边挪了挪，问她："难不成你也想加入大合唱吗?”

他的语调冷冰冰的，毫无温度。她心头刚刚燃起的一丁点小火苗也就熄灭了。她突然生起气来，对着黑暗怒冲冲地说：“明天起来就换酒店。”

5

于是他们在次日早饭之后又搬了一次家，换到了一个山间别墅酒店。这个酒店更加奢华也更加幽静，价格比之前两家差不多翻了倍。但秦益心铁了心一般，完全不在乎价钱昂贵，而且她要了两个一模一样的依山临海的豪华房间。樊志同不说什么，随她的便，朱总和朱太太对换到更好的酒店表现得安心乐意，两口子都是一副客随主便的样子。

两个小孩对这个升级却表现得兴致不高，甚至还很不满意，因为这里的房间离海边有一段距离，不能随时随地开展他们喜欢的挖沙工程，而且这里也没有超大的环绕游泳池和水上游乐场，远不如之前那家酒店好玩。两个孩子有点没精打采，而且还哼哼叽叽。秦益心想起在推送中看见这个酒店有口碑极好的儿童托管服务，便提出不如把孩子送去托管，大人也好轻松一天。小火星不肯，他本来就恋母，有事没事喜欢缠着妈妈，好容易出来度假有机会可以整天跟着妈妈，要把他交给别人他坚决不干。樱樱比小火星更加娇气，一会儿渴了一会儿热了，随时都要获得父母的关注，一听托管快要哭了。不管大人怎么跟这两个小祖宗解释托管不是把他们关起来，而是有专人带他们去玩好玩的，可以去挖沙子、戏水，还可以玩比如城墙迷宫、野兽洞穴、奇异孤岛和丛林探险，还有许多他们见都没见过的游乐设施也都能随便玩，然而两个孩子听了都毫不动心，一个劲儿地摇头，都只要跟着爸爸妈妈。

秦益心便提出下午出去转转，别闷在酒店里了，她的这个建议得到大家一致赞成，大人们毫无争议地定下来去逛免税城。

大概是因为疫情，不少机场免税店关闭，这里的免税城竟然要排队进门。进了店秦益心和朱太太直奔化妆品柜台而去。两位男士领着两个孩子跟了一阵就不想跟了，与她们约定了时间，各自分散活动。秦益心和朱太太丢下老公孩子，一身轻松去看自己感兴趣的商品，投身到抢购大潮之中。免税神仙水双瓶装肯定是要的，小黑瓶限定版肯定是要的，奢护逆龄美肌套装肯定是要的，超值闪购打折款肯定是要的，今日特惠缤纷唇彩全系列肯定是要的……没多一会儿秦益心手里的购物篮已经快要装满。樊志同管她叫“购物狂人”，她自己都承认名副其实。她再一看朱太太，手里两只购物篮都已经装得满满的。

她们一个区域一个区域逛过去，时间过得飞快，转眼两个钟头快到了，她们去了收款处，朱总、樊志同和两个孩子已经等在那里了。秦益心看他们四个都是神情漠然的样子，跟她们两个冲锋陷阵热火朝天的样子截然不同。朱总的购物篮里放着两瓶酒，樊志同两手空空，啥也没拿。

秦益心问他：“你怎么啥都没买？”

樊志同淡淡地说一句：“不需要。”

朱太太笑说：“这里好东西真不少，关键是还便宜。”

朱总说：“便宜倒也未见得有多便宜，不买肯定最便宜。只是到了这里如果什么也不买，等于是浪费了时间。”

大家听了都笑。

排队结账时朱太太排在秦益心前头，秦益心便客气一句：“我来吧。”

朱太太拿眼睛望着朱总，朱总就像有些迟钝的样子，客气一句：“那多不好意思。”

朱太太脸上挂着笑，身体下意识地闪到一旁。秦益心对收银员说：“一起结吧。”

秦益心刷卡付钱，收款机吐出长长的一条购物清单，一共八千多块。朱总和朱太太笑着异口同声对她说了句“谢谢”。

回到酒店，刚进房间还没有关上门，樊志同就沉下脸说她：“你真把自己当大款了是吧？人家说谁的钱也不是大风刮来的，我看你花钱的劲头就像是刮大风。”

秦益心赶紧关上房门。

“你能轻点声吗？”她对樊志同说，“别花了钱还不落好。”

“你花了钱就一定能落好吗？”樊志同愤愤地说。

“别心疼了，回头我再挣上来就是了。”她温柔地对他好言相劝，笑嘻嘻地说，“假如我升职了，这点投入实在不算啥，咱得把眼光放长远点。”

“你以为我光是心疼钱吗？我是看不惯你这种做法。”樊志同说。

“这有啥呀？”她平淡地说，“你是没看见别人怎么做的。我们总不能一点功夫不下吧？”

“要这样的话，我看就拉倒吧。”樊志同拉着一张脸说。

“拉倒？你不是一直鼓励我上进吗？这就打退堂鼓啦？”她脸上还是挂着笑，“机票酒店该花的都花了，还在乎啥呢？跟你这么说吧，人家肯接受就是给我们面子，你要是请了人家出来，抠抠搜搜的，处处都是人家自己掏钱，那人家赏光跟你出来又是为何呢？”

樊志同板着脸说：“是他先跟你提要出来的好不好？你亲口说的，你可别自己搞混了。”

秦益心不以为然地说：“这根本没有区别。”她劝老公，“朱总多聪明一个人，咱们怎么对他们的他心里不会没数的，谁先提出来的有啥关系，对我们来说这就是一个机会。你想吧，有他在上面罩着我，关键的时候肯为我说句话，比什么不强？如果他能助我一臂之力当上副主任，那就是等于打开了上升的通道。往小里说，每个月的奖金都能增加不少，除了有岗位津贴，记者写的每一条稿子我编一道就能收一份钱，他们评上的好稿我同样每条有份，而且无论评好稿还是评职称，我手里都有一票，评职称自己不能投自己的票，评好稿可没有回避这一说，一边踢球一边当裁判吹哨，你想想还有比这更爽的吗？”

她一番话说得樊志同声气小了下去，不过他还是很不满，嘀咕说：“你们朱总就是打好算盘我们会掏钱，拿我们当冤大头。这事你和他应该是一开始就说好的，我看他是吃准你不好意思开口跟他算账，他那样的人我太清楚了。这也就先不说了，就算是你们愿打愿挨。吃了还要拿，有点太过分了吧——就他刚才那两瓶酒，一瓶皇家礼炮25年苏格兰威士忌一千七百多块，一瓶芝华士25年苏格兰威士忌两千多块，我怀疑要他自己花钱他都不一定会买。”

秦益心笑着打断他说：“你也太小瞧人家了吧。”

“我没瞎说。”樊志同认真地说，“我看他拿酒的时候挑过来挑过去，拿起来又放下，放下又拿起，也是很犹豫的，那会儿他还不知道我们会替他买单，就是想到也不能肯定呀。”

秦益心笑笑没说话，她不想再为这些多说什么。

樊志同就像透露什么似的说：“你知道他买那两瓶酒是干吗的吗？他说是要带回去送给涂总的。”

“真的？”秦益心反应很直接，“涂总那么老土一个人，怎么会喜欢苏格兰威士忌这种洋酒？”

樊志同说：“朱总说涂总就喜欢洋酒。”

秦益心说：“那等于朱总拿我买的酒去送涂总——”

樊志同揶揄地说：“你乐意的呀。”

秦益心扑哧一笑，若有所思地说：“那我是不是也应该给涂总送份礼物才好？”

樊志同听了恼怒地说：“你送好了，不必问我。”

她看他那副模样，赶紧撒娇地搂住他嘻嘻哈哈地说：“看看，花点钱就心疼成这样，你还说为了我什么都肯做呢。”

樊志同便软下来，不再说什么。

6

夕阳西下，秦益心和樊志同坐在露台上赏景。朱总在对面看见了，敲门过来，手里拿着那瓶皇家礼炮25年苏格兰威士忌。

“咱们喝上一杯怎么样？”他乐呵呵的，情绪相当好，脸上泛着一层吃饱睡足的亮色，“我已经叫服务生送冰块上来了。”

他们请朱总坐，问他朱太太和樱樱怎么没有一起过来，他说她们娘儿俩还在午睡。他们赶紧安顿了小火星到房间里看动画片，洗了水果沏了茶，陪朱总坐。不一会儿服务生端着托盘送来了冰块和喝威士忌的酒杯。

秦益心差点说出来怎么把要送涂总的酒拿过来喝了，但她忍住了，她想朱总愿意怎样就怎样吧，反正听他的总没有错。

三个人喝酒。

朱总抿着酒，对着秦益心和樊志同触景生情一般说起自己年轻时候的事。他讲到自己刚到单位时的情形，经历过的一些错综复杂的事情，怎样一步步走上领导岗位，他不停地说着，似乎并不在乎面前的这两个年轻人是否爱听，他的年龄和身份仿佛有这个特权。秦益心和樊志同两个得体地应和，简短地插话，在该笑的地方高声大笑，气氛显得相当融洽而且欢快。

秦益心一边听着，一边想着朱太太应该也算是朱总这段步步上升的岁月中的一个闪光点吧，但他好像是故意回避，一句没提。他陶醉于自己的讲述，说得兴味盎然。秦益心跟他相识并在一起工作十年，从来没见过他如此大谈自己的事，心中颇有些惊讶。朱总说话时目光不时停留在她身上，给她的感觉就像是对着她一个人在说，这让她有点不自在，她生怕樊志同不快，回头又跟她挑理。好几次她避开朱总的目光，顾不得他会怎么想。

有一个片刻令秦益心特别不自在，动画片播完小火星喊他们进去换台，樊志同刚刚走开，朱总立刻中断了正说着的话题，他的目光像蝴蝶一样翩跹着落回到她的脸上，他用柔情似水的口气低声说："志同对你好体贴，他真拿你当宝贝。”他略停了一下又说：“他这么做很对哦。”

秦益心听不出他这么说是赞赏还是吃醋，心中涌起一股难以形容的情绪，仿佛百感交集，她笑了一下，自己知道笑得极不自然。

朱总似乎没有注意到她的神情，或许根本不当回事，他突然改用柔和暧昧的口气，声音低低地说：“和你这样脸对脸坐在这个风景优美的大阳台上，我怎么觉得这一幕似曾相识，就好像发生过一样，你也是吗？”

她一愣，没说出话来。

他眼波流转，慢慢吟出：“月上柳梢头，人约黄昏后——”然后语速很快地说：“昨天在假山石边，那一幕太美了，对我来说是特别珍贵的记忆。我几乎一夜无眠，只要一闭上眼睛就出现我们俩在一起说话的情景。”

她听了脊梁后面一阵发紧。

她有些害羞地说：“我们好像也没说什么呀。”那个瞬间她确实有点想不起来昨天和他都说了些什么。

“你羞涩的样子很好看，非常动人。”他凝视着她，脉脉含情。

她避开了他的凝视，想到的却是昨夜与他跳舞的情形，不由得脸一红。

他依然口气温软地说："说什么不重要，我指的是那种氛围，你不觉得有一种特别的情调吗？"他用轻到快听不见的声音说："就像恋爱。"

他们静默下来。他端起酒杯，隔着桌子朝她做了一个碰杯的动作。

樊志同突然出现在他们面前，他们仿佛被吓了一跳。不过朱总比她要沉着得多，他立刻从如梦如幻的气氛中出来，接上之前的话题，简直犹如行云流水一般，就好像根本没有中断过。

正聊得热闹，朱太太带着樱樱过来。樱樱睡眼惺忪，没精打采，好像还没醒透，朱太太则是一脸焦急和惶恐，一进门就对朱总说："孩子好像有点发烧，不知是着凉了还是吃坏了。"

朱总皱起眉头，狠狠瞪了她一眼，脸上是难以形容的不满和恼恨。他赶紧把女儿搂在怀里摸她的额头，他摸了良久，好像很难下判断。他显得心烦意乱，一下子没了谈话的兴致。他打电话让前台送了体温计来，给樱樱量了体温，只有三十六度多，并不发热。樱樱已经很不耐烦，跑去和小火星凑在一起看动画片，朱总追上去问她有没有不舒服，她一个劲儿摇头，推他走开。朱总这才松了一口气，重新回到露台上坐下。

秦益心正要给朱太太倒酒，朱总接过杯子，倒了一点酒，加了冰块，递到太太手里。他的态度已经完全转过来，变得十分殷勤，甚至反客为主，一会儿给太太拿水果，一会儿给太太加茶，对太太体贴入微。他也不怎么和秦益心搭话，对她完全没有了刚才情意绵绵的样子。秦益心毫不介意，她说说笑笑，维护着气氛。酒瓶、冰块在桌子上不停地传来传去，大家喝得似乎很开心热闹。

趁着酒兴，朱总说起了他和朱太太认识的经过，讲完他这样说："要说吧我这个人运气还是相当好的，一个从大山里走出来的穷小子，祖祖辈辈都是农民，从'朱根惠'脱胎换骨成为'朱光会'，能娶到像丽琴这样的如花美眷，真可谓三生有幸。"说着他伸手捏了捏朱太太的肩膀，还作势将她搂在了怀里。

"你喝多了吧？"朱太太挣脱了他的搂抱，笑一笑，随即端端正正坐好，慢慢地品着酒说，“我第一次去他老家真是吓了一跳，我从来没见过那样的深山老林，下了火车要坐大半天的小卡车，全是蜿蜒曲折的盘山公路，我快把五脏六腑都吐出来了。他家里空空荡荡三间房，最显眼的就是灶台，用‘家徒四壁’形容真是一点不过分。”

朱总喝一口酒，毫不避讳地说：“我家确实是穷，人家说开门七件事，柴米油盐酱醋茶，我家柴要到山里去砍，不砍没得烧，米是年年不够吃，油永远只有瓶底子那么点儿，盐都要省着用，酱和醋买不起，平常烧菜也不用，茶倒是有，我们是采来炒好了卖给别人的，算是家里的一大经济支柱吧。说出来不怕你们笑，如果不是考上大学的话，我留在老家恐怕连个村姑都娶不上，我们村里就有好几个打了一辈子光棍的大老爷们。”

朱太太望着他笑，带着自嘲跟他开玩笑：“你是穷怕了，所以能娶到媳妇就心满意足了吧？”

朱总略停了一下，像在思考，随后一本正经就像表忠心一般说：“胡说，我是出于爱情和你结婚的。”

他们三个笑。

朱太太说："嗯，看来还没真喝高。"

朱总说："哪能呢？我说的都是发自内心的话，真要喝高了我就什么也不说了。"

他眼光一闪，飞快朝秦益心瞄了一眼。

朱太太继续用玩笑的口气对他说："你不是说过那会儿你就想好了要为自己挑个好丈人，那样才有助于你进步，我没记错吧？"

朱总点头说："有这话。"他喜形于色地对秦益心和樊志同说："我岳父大人对我确实挺关照的，老局长为人本分，一身正气两袖清风，老同志一辈子不求人，自尊得很，为了我啥都不顾了，老人家真是豁出面子替我去求人，他四处打招呼，有一丁点关系都不放过，没少为我张罗，我心里真是特别感激他。"他说得十分由衷。

朱太太俏皮地一笑说："我早明白了，你跟我结婚其实挑中的是老丈人。"

朱总做出实诚的样子说："那顶多就是一个因素吧。"他突然哈哈大笑说："你一出来就比在家里机灵，不，是犀利多了，也开朗多了，看来还是不能老闷在家里，在家时间待久了人容易变傻，所以必须经常出来换换空气。”

朱太太就像没听见似的，扭过头对秦益心和樊志同说：“当初我们结婚我爸妈都是反对的，先是我爸，后来是我妈反对得特别厉害，要死要活那种。她嫌他年纪比我大，还嫌他有婚史……”

朱总不耐烦地打断她说：“但她架不住你愿意。”

朱太太也不理会，继续说：“结婚后我辞职当全职主妇，我妈直接就炸了，跟我大吵大闹，差点犯了心脏病。她说打死她都弄不懂我读了那么多书怎么心甘情愿做个家庭妇女，她气极了，说她和我爸省吃俭用费劲巴力培养了我十几二十年等于打了水漂。不管我怎么跟她解释都没用，她跟我们僵了好几年，大概看在樱樱面子上才算转过弯来……”

朱总再次打断她，冷笑道：“儿大不由娘啊。”

秦益心和樊志同两个竖起耳朵听着，却不敢说啥，也不敢笑，他们给他们斟酒、加冰，一次次地端着果盘给他们递水果。

“自己选的路，好走难走都得一步步走下去，是吧？”朱太太脸上浮起一层古怪的笑容，既像是羞于启齿又像是自鸣得意地说，“现在说说也没关系啦，其实那会儿我已经有男朋友了，从大一进校不久我们就好上了，关系一直不错，他对我很好，说把我捧在手心里也一点不夸张。但是，我承认他的的确确没有竞争力，他太年轻了，比我还小一岁，没有社会经验，没有背景，也没有钱。他自己是个普通的学生，父母是普通的工人，说句大实话，他怎么跟光会比？我跟他提出分手，他伤心得不行不行，但又能怎么样呢？”

大家都沉默，连朱总都没说什么。他晃了晃杯子，和大家碰杯。

7

太阳眼看就要落山了，一脉余晖从房间的玻璃窗反射到露台上，正是一天中光线最美的时候。他们放眼四望，绿树成荫，海天一色，三百六十度都是美不胜收的风景。朱总叫樱樱出来要给她拍照，但樱樱不肯，他便有点兴味索然。朱太太让他给她拍，他应付地摁了两张，便坐回到椅子里。朱太太嘀嘀咕咕，抱怨他对她敷衍了事。樊志同也叫秦益心拍照，他是个摄影爱好者，拿出相机，认真地替秦益心选景选角度，拍了一张又一张，把朱总和朱太太抛在了脑后。秦益心一看朱总他们已经坐了下来，赶紧拉了他一起过去陪他们。

他们继续喝酒闲聊。

再坐下气氛却不像之前热烈，似乎冷了不少。朱太太话也不似刚才那么多了，朱总不时看一眼手机，脸上阴晴不定。

“唉，又有二三十家传统媒体关张，有的连休刊词都不发了，每次看到这种消息真是心有戚戚焉。想起前不久我们报社五十周年庆典，请一些知名的专家学者企业家写祝词，也就一两句话，结果绝大部分都拒绝了，说是没空。用涂总的话说，也怨不得人家，咱还得在自己身上找原因。遥想当年，媒体是多么火爆而且荣光的一个行业，谁能想得到纸媒衰落得这么快。不过话说回来，这也许正说明时代发展快——最初我们没有纸，然后有了纸，再然后是无纸化，报纸从出现到衰落，之后便是新媒体崛起，未尝不是好事。”他叹了口气，“只是我上班这小三十年工夫，一腔热血，起早贪黑，生生把一个行业给做夕阳了。”他转向朱太太，揶揄地说：“所以说你没进报社其实也没多大遗憾。”

秦益心听了朱总这番话，有点紧张地问他：“咱们报社没事吧？”

“暂时还没事。”朱总说，“恐怕也没法高枕无忧。”

秦益心还想细问，朱总似乎不愿多说。他喝着酒，短促地叹了两口气，忽然说起了涂总。他用的是一种遗憾的口气，他说涂总这人能力很强，机遇很好，要不然也不能走到今天这个高位。然而——他话头一转说，他心思很深，当面一套背后一套，以为他足智多谋，实际却是胆小怕事，庸碌无能，白坐了这个位子，错过了报社最好的发展时机。他用“不舞之鹤”形容涂总，秦益心还是第一次听到这个词。他随口举了几个例子，说涂总当一把手以来，不说锐意进取，连原来置起来的摊子到他手上都大大缩水了。他砍掉了《要闻周报》《经济信息速递》《一线民生》《惠农平台》《股市传真》和《采编往来》，等于把大树的一些强壮的枝干都砍去了。前几项用户很多，不仅吸引了不少广告，而且做了不少好事，扩大了报社的影响力和竞争力。《采编往来》虽说只是个内刊，但却是记者编辑评职称时重要的参考依据，属于口碑刊物，影响力非常大，涂总这么做是他确信“做得少犯错少”，说穿了就是为保自己头上那顶乌纱，别的啥都可以舍弃。他说涂总特别看重自己的官声，表面上做得清正廉洁，早先报社有外联费，他上任之后一分钱不用，更不许别人用，到年底如数上交，下一年度这一块的预算就没有了。再比如他压缩办公室，腾出半层楼交上去，弄得办公室拥挤不堪，他自己倒是得了一大堆的荣誉，还得到了十万元的奖励。秦益心很吃惊朱总会说这些，她一直以为他和涂总关系是相当好的，在报社他也表现得非常拥戴涂总，向来是唯涂总马首是瞻，在任何场合他不仅总是显示与涂总非常团结，而且还显示与他私交甚好，她从来没有听见他在私下里抱怨涂总，更是从来没有听到过他用这样的口气说涂总。他还说了自己在工作中碰到的一些事情，都是涂总明哲保身只顾自己的事例，听他的意思是他有许多好的想法，但在涂总一手遮天之下根本无法实施。说完这些他又话锋一转——他说不过话说回来，涂总还算是个好领导，比起那种一味以权谋私、谄上欺下、把单位掏成一个窟窿的一把手不知要好多少。

秦益心觉得朱总或许是因为出来了比较放松才会说起这些，他在她面前这么说无疑表明对她是非常放心的——能被大领导如此信任，她心里涌起阵阵喜悦，认为这趟出来挺值的。

听朱总说话的时候，秦益心的微信响过几次，借着进屋续茶她打开一看，戴敏娜给她发来了一串信息。这位职场好闺蜜给她传递了两个重要消息，一个是她接到通知评职称的会明天上午就开，另一个是她听说新媒体部有可能很快要升格成和报社同等级别。戴敏娜开玩笑地问她跟着大领导有没有听到什么确切的内幕消息。

秦益心在心里飞快地判断了一下，这两个消息前一个对她来说肯定不好，朱总不在，她至少损失一票，而且肯定也不会有大领导能像朱总那样挺她；后一个倒可能是利好，她一直想去新媒体那边，戴敏娜也说过欢迎她过去，但她只是个小头目做不了主，再说她自己没有职务也没有高级职称，即便过去也是普通一兵，若是有人把副主任的位子一占，那她连上升的空间也被封死了。戴敏娜一直对她说职务和职称至少解决一样再过去，最好是直接过去当副主任，秦益心认为她说得很有道理，也确实是为她着想。如果真像戴敏娜说的新媒体部门升格在即，虽然怎么设置还不清楚，但无疑位子会比原来更多，要是朱总肯帮自己说话，无疑往上走一步的可能性也更大。

她趁樊志同进来去卫生间的当口三言两语悄悄跟他说了，他听了也有点高兴，说可能还真是一个机会。他们夫妻俩再出现在露台上都是喜气洋洋的。

已经到了晚饭时分，秦益心以东道主的热情问大家想到哪里吃饭。朱总和朱太太都说一点不饿，樊志同说晚饭还得吃。朱总说就怕小朋友们饿，他建议叫点东西到房间来吃，大家一致赞成。他提议叫海鲜饭，说看介绍手册这家酒店的西班牙海鲜饭特别有名气，也是这家酒店的招牌之一。秦益心立马拿起电话准备点餐，朱太太说樱樱好像有点海鲜过敏，前天吃自助餐之后耳朵后面出了一些小疹子。朱总忧心忡忡地责备朱太太说："你怎么不早说？"他赶紧进房间搂过女儿细看，看过之后松了口气，对秦益心说："那就这样，西班牙海鲜饭不要海鲜。”

秦益心以为餐厅会拒绝，老婆饼没有老婆，狮子头没有狮子，但海鲜饭怎么可以没有海鲜？没想到人家居然一口答应。半个多小时后，西班牙海鲜饭就送过来了，除了没有海鲜，一招一式都很地道。因为是朱总的决策，三个大人不好说什么，只说味道还行，两个孩子都说不好吃，吃了几口就不肯吃了。送餐过来时秦益心让服务生挂账，朱总执意要由他来买单，他说：“这一路都是你们招待，丽琴说过意不去，我们要付钱你们又那么客气，这顿饭嘛就不要争了，让我来吧。”

他掏出钱包用现金付了账，顺嘴让服务生开张票送过来。

秦益心暗暗吃惊，她没想到朱总叫服务生开发票那样落落大方，而且他那几句话等于是明说了接受他们为他一家花钱。她下意识地朝樊志同看去，两个人的目光碰在一起。樊志同飞速挪开了目光，他们两个的脸上依然都挂着笑容。

8

朱总一家走后，打发了小火星睡觉，秦益心靠在床头给戴敏娜回微信。她问新媒体部门升格的话朱总过去的可能性大不大，戴敏娜回说当然是有这个可能，他当了那么多年副总，业务过硬，年龄合适，应该算是个不错的人选，不过这种事猜测是没有用的。她调侃秦益心："看来你这次公关活动卓有成效，对上峰如此关心。"后面配了一连串各式笑脸的表情图。

隔了片刻，戴敏娜发了长长的一段语音过来，向她透露有消息说涂总可能要亲自到新媒体那边挂帅，听小道消息他想两边兼任，她形容涂总"一个屁股想坐两把椅子"，但据说已经被上面否了。假如他过去的话，这边腾出一个一把手的位子；他不过去，那边也有一个正职的位子，估计怎么都会有好戏上演。

秦益心听了还是立马想到了朱总。他是四个副总编之一，虽说不是排名最前面的，但却是公认业务能力最强的，也是在媒体圈知名度最高的，因为他的报道尤其是社评写得漂亮，报社重要节点的重头文章都由他执笔，多少年来已成惯例，他的名气远远超过涂总，也超过历任总编辑，应该是很有竞争力的。她心里腾地激动起来，从私心里说她当然是特别希望他能上去。

戴敏娜转而愤愤不平地跟她抱怨新媒体部是自己带着几个刚从大学毕业不久的小记者创建起来的，辛辛苦苦弄出点模样就要让人摘桃子。

秦益心回微信劝慰她："你在新媒体是元老级人物，应该会有你的一席之地。"

戴敏娜回她："你太天真了，我听说要完全打碎重组。"

秦益心一时无从判断这对自己来说是否算好消息。

戴敏娜发语音挺知己地对她说："你现在是近水楼台，赶紧跟朱总说说，如果他过来当一把手，你也跟过来吧。"她又说："连涂总都争先恐后要往新媒体这边来，可见是不会有亏吃的，你别放着大好的机会让它白白溜走。"

秦益心回了个"小鸡啄米"的点头动图。

"听我一句话，你现在不走，是想留那里等别人吃完了洗碗吗？”戴敏娜紧接着又发来一句，“朱总不一定能为他自己说得上话，替你还是应该能说得上话的。”

秦益心回复她：“这让我怎么说呀？”

戴敏娜发来语音说：“这有什么不好说的？你都陪朱总出去度假了，谁不晓得你是他的人呀。”

戴敏娜说话经常就是这样口无遮拦，秦益心朝樊志同看去，好在手机音量低，他正在专心致志地打游戏，不大像注意到她这边的动静，她暗暗松了一口气，生怕他听到这些话多心。

她跑进卫生间，用很小的声音发语音说：“我不是朱总的人。”她忍不住笑起来，边笑边说：“我知道越描越黑——我真不是他的人，我要说是他的人，恐怕他也未必认啊。”

她说完走出来。

戴敏娜语音回过来：“唉，这时候你再清高就没有必要了，也没有意义，听我一句，你抓紧替自己把正事办了吧。”

秦益心心里忽然涌过一阵莫名的委屈，她发语音给戴敏娜：“一不留神我们怎么变成这样了？以前我们多简单，没什么钱，没什么追求，合租一个小房子，下不起馆子不想做饭就吃泡面，下了班不是看电影就是看书，现在不是琢磨人就是琢磨事……”

她们两个正在微信上聊得火热，朱总的电话突然打了进来。朱总说他们一家明天就想要回去，秦益心带着遗憾说还没怎么出去玩呢，这里好玩的地方很多，朱总说原本也是想在酒店歇三两天再去玩的，谁知情况有变。

一直靠在床头玩手机的樊志同听到了，猛地抬起头来，声音极小地说：“太好了，赶紧回吧，这样待下去我们的钱包受不了。”

朱总在电话里跟她解释说朝阳区又出现了疫情，丽琴父母家就住在酒仙桥，她担心父母，急着回去。

朱总说：“唉，家庭主妇心里装的就是一个家，她也没经历过什么，心理脆弱得很，有点事情就慌，觉也睡不着了，只想赶快回去。”

秦益心说那我替你们订票吧，朱总立马说：“好。”她问朱总订几点的票，是否直飞，后面一句她认为是多余的，但问一下周全。朱总这人凡事仔细，甚至可以说琐细到啰唆，她很知道他。朱总回答说都好。她揣摩他心意，难不成还想要坐火车？她觉得有点好笑。好在他随即就像做出了巨大的让步和牺牲似的说："那就直飞吧，早点到北京踏实。"

她刚挂断电话，樊志同凑上来说："朱总没说是他自己着急回去？"他冷笑道："这人可真会装。"

后面一句他说得口气很硬。

秦益心没接腔，心咚咚地跳了几下，显见刚才戴敏娜的语音樊志同肯定还是听见了。她迅速下单订好了翌日一早回北京的机票，发给了朱总，朱总在微信上简洁地回了一个字："好。"

樊志同忽然寻根究底一般说："我搞不懂想问问你啊，你们报社正在发生那么大的变动，朱总怎么会在这个时候出来呢？是他消息不灵通不知道单位里的情形，还是让你们涂总给施了调虎离山计？如果是涂总把他支出来的话，是不是嫌他碍事呀？我说句话你别急啊——那朱总的地位就没那么牢靠，说不定还岌岌可危，你不会是跟错人了吧？"

秦益心一听就炸了，她不由得提高了声音说："胡说什么！你也不了解情况。”

樊志同用冷静的口气分析道：“朱总这么晚了慌慌张张打电话叫你订票，找的理由还要推到自己老婆头上，朝阳区的疫情也不是今天才有的，编谎话都不肯下点功夫，你怎么还能相信他？”

秦益心并不觉得他说得毫无道理，嘴上却说：“是我主动给他们买票的。”

“是你主动没错，来也是你主动买票，回还是你主动买票，因为他吃准了你会‘主动’。”

樊志同说得不紧不慢，秦益心却听得有点扎心。

他就像没忍住似的说：“如果我以上分析得不对，你们报社高层之间精诚团结，没那些钩心斗角蝇营狗苟的事，那我只能说你们朱总是别有所图。”

秦益心听了，心里一震。

樊志同用一种少见的镇定的口气说：“我不想说别的，咱们让人割了韭菜没啥，但至少不能稀里糊涂当韭菜。”

再说下去肯定要吵起来，只是他一个“咱们”消了她不少火气，她克制着自己，没有一下子爆发出来。

明天一早就要走了，但樊志同也不收拾行李，继续拿着手机埋头玩游戏，就好像任何事情都与他无关。秦益心收拾完行李洗过澡之后没有马上睡觉，而是拿了本书靠在床头翻着等他。最让她来气的是她催了几遍他也不去洗漱，而且就像听不见她说话一样不理不睬。她极爱干净，他不洗澡等于是无声的拒绝。他玩够了游戏，扔下手机便呼呼睡去。

秦益心却睡不着。如此良辰美景虚度，她心里有说不出的懊恼。这个假期就像沙子一样从指缝里溜走了，她觉得非常可惜。她真希望是樊志同误解了她，她甚至可以不把这当回事，就像以往他们有分歧时不管谁对谁错总是她率先妥协一样，她也仍然可以宽容大度地一笑了之。然而，回想起这三天的一幕幕，她清楚地意识到自己确实很傻，尤其是当她试着用樊志同的眼光去看，显然这还不只是简单的犯傻。

她惊起一身冷汗，犹如中了伏击一般情绪低落，心里涌过愧悔、不安、担心、自怜等等复杂的情绪。她越想越清醒，对自己也越来越生气。

她在自责中失眠。

她望着窗外的天空，夜色暗沉，云层很厚，看不见星星，也看不见月亮，只有一团云彩的边缘透出似有若无的光亮。夜很静，仿佛连大海也睡着了。她一次次闭上又睁开眼睛，直到天空泛白，树叶上渐渐有了颜色。

2021.3.28

上海夜色下的36小时

飞机降落在上海虹桥机场时天色正在暗下来。走出机舱时我感觉到迎面吹来的风湿漉漉的，和我们北京的一点都不一样。跑道和停机坪也都是湿的，显而易见刚下过雨。但天气依然闷热。我想，这就是上海。没来的时候我总想着要来，到达之后，说老实话，我真想原机返回。不过没那么容易，我坐的不是专机，当然坐专机来就更不能想走就走了。所有的日程按原计划进行。我混在人流中出了站，但在出口处却没见到那张理所应当出现的面孔。一时我有点慌乱。其实眼前发生的这个情况倒应该是情理之中的。我原订的航班是上午的，但在登机时安检发现我所持的临时身份证过期了十六天，我被拒绝登机。这是以往我在国内国外都没遇到过的。我凭着一种职业的通行无阻的自信曲里拐弯地找到了他们的主管领导，但主管领导比他们更义正词严。这是我少有的失败中的一次。于是我只能离开机场，打车进城，去我户口所在的北京市公安局丰台分局蒲黄榆派出所开证明补办一张新的临时身份证。这一通折腾，我最终在下午临近傍晚时才坐上航班。

陆海平没来接我让我很不高兴，主要是沮丧。改换航班之后我给他办公室打过一个电话，他的同事（部下）热情地对我说一定转告，但现在却一切落空了。上海我不熟，而且此时正是暮色四合，车来人往的，让我有一种流落异乡的感觉。我在心里骂陆海平这个狗东西，还有他老婆雪荔，要不是他俩一个电话一个电话地向我倾诉并渴望跟我面谈，我是不会答应出这趟差的。现在我人已经在上海，全是自己活该。我想给陆海平或雪荔打个电话，但我能找到的每部公用电话都被某个人死死地抱住。我没耐心等。我打车去分社招待所。

谢天谢地，我一接触负责登记的老师傅看我的眼光就知道今天要开始转运了。我这个人直觉很好，而且非常相信预感。早晨起床时我就预感这次旅行有些非比寻常，果真一出门就出岔，遇到的都是前所未有的事儿。老师傅从老花镜上面温情地看着我，问："就你一个？"

我答："我就一个。"

他笑眯眯的，说道："再多一个就没床了。"

我说："太好了。"

他又笑了，很讨好地把脸伸向我，压低了声音对我说："我把你安排在房间里，你去了要不声不响的，别人问什么你都说不知道。"

老师傅的神情很像是带着组织的重托来与我秘密接头的，这就使登记住店这件平庸无聊的事情有了一点好玩。我第一是听不懂他说的"把你安排在房间里"是什么意思，难道还能把我安排在房间外？第二是我花钱住店为什么要"不声不响的"，第三还要"别人问什么你都说不知道"，那么我是真不知道还是知道而假装不知道？这老师傅是把我当成他一个团伙的还是怎么的？

但是他已经在飞快地为我填写旅客登记表，非常专注，没有与我搭话的空闲，我也觉得不该在这个时候打扰他。看过我崭新的临时身份证收下押金之后，他摸出一把拴着个小牌牌的钥匙，直递到我手心里，依然是低声细语地关照我说：“床号牌子上标得清清楚楚的，你不要睡错噢！”

我让他老人家放心。我提着我的小得不能再小的旅行包进了那套指定的房子。门上画了一只高跟鞋作为女宾的符号，尽管别出心裁，倒是浅显易懂，不过可能会让人误以为是女厕所。门是半开的，所以我手里的钥匙没派上用场。招待所的房间不是宾馆饭店的那种标准间，而是与通常的民居单元楼类似。走廊挺长，里面很暗。我走得谨小慎微，生怕撞到什么东西，也怕被冷不丁出来的人吓自己一跳。我顺利地找到了房间门，推开，里面没人，只有一盏小台灯开着。正对着还有另外一个房间，门也是虚掩着。我推开一条缝，里面也只亮着一盏灯，没有人。在两个房间的灯光辉映下，我看清在厨房与洗澡间之间的门厅里也相对摆着两张床。我一下子明白了刚才管登记的老师傅说的把我安排在房间里肯定是没把这两张床中的一张卖给我的意思。

我的钥匙牌上赫然写着：“2号房间3床位”，我一下子就准确无误地找到了。这间房间有三张床，我的正对着门。我突然有一点不服气，我又一次跑到对面的房间，推开一点门，果然，这个房间比我们的大，却只有两张床，两张床中间还摆着写字台，而且房间还带着一个阳台。我宾至如归地开直了房门走进去，又打开了阳台的门。这套房子立刻变得豁亮起来。外面有一道横的白亮的光照射进来，还掺杂着一些金红金黄的晚霞。对面的楼房也在这白昼的回光返照中清晰异常。正对着我们阳台的另一个阳台上有一个赤膊的男人踱着方步走了出来，我想如果我这会儿正躺在床上，恰巧又没有关门的话，那么就会全落在这个人的眼里。我转身进屋，原样关好了这一连串的门。我对房屋的视察就此结束。

我本来是应该洗个澡的，但我从进入这套房子起就听到洗手间里有绵绵不断的流水声，那种声音只能激发我的想象力，但我对进入那个空间却毫无情绪。能挨一刻算一刻吧，当然最终哪怕我再不愿意还是会进去的。

我坐下来给雪荔打电话。她不在班上，也不在家里。我给她打了一个传呼，心想如果她正在路上我就有一会儿好等了。出乎意料的是电话回得很快，快到手起刀落。雪荔的声音在电话里又急切又快乐，像嚷嚷一样，弄得我一句也听不清楚。但是她的情绪却很感染我，我开始觉得不应该把这趟旅行想得很糟，还是会有好玩的事情在后面的。我们约好了见面的地点，时间当然是我立即动身，什么时候赶到算什么时候，雪荔就像坚守上甘岭一样原地死守。

半个小时后我们故友重逢。你肯定能想象像我跟雪荔这样的闺中密友跨越了时空相见，少不了会在公众场合拥抱，而且动静还很大，引得好几个骑在自行车上的人都忍不住回头看我们。我们满不在乎地高声说话，如入无人之境。我们从来就是这样的，只不过这几年我在北京及国外已有所改变，而雪荔依然未改，我当然愿意跟她一起入乡随俗。雪荔亲热地挽起我的胳膊，说："领你去一个好地方。"她带我到一个热闹非凡的大排档，这里所有人的嗓门比我们的还大。

我们在四面欢声笑语中开始点菜。这一方面我和雪荔保持了高度的一致，我们点了醉蟹、炒螺蛳、煮毛豆、家乡咸鸡还有红烧龙虾。需要说明一下的是这里的龙虾不是那些在南半球悠然游泳不慎被捕获乘飞机穿过赤道不远万里来到我们之间的澳洲龙虾，而是生长在不知名的小水沟里的那种长着虾模样却穿着一身螃蟹般的铠甲的东西，它们因此也具备了虾和蟹共同的滋味。我和雪荔的这顿晚餐在想象中应该是鲜美的，事实也是如此。我们把硕大的扎啤杯碰在一起的那刻，确实都感觉到了那种少有的心旷神怡。

我们吃了很多，也说了很多。雪荔说："你总算来了，你不知道前面两三个月我是怎么过来的，我只差去死了。现在刚刚差不多平静，用不着你了，你来得不是时候。"

这是雪荔说话的风格，与她为人的风格一模一样，她要死的时候会想到你，但她不死的时候你就多余。而且我深知暂且她还不会自己去死，不到那份儿上。我知道她的问题全是情感问题，也就是说都是些子虚乌有的问题。这类问题从来是回头是岸，雪荔当然不会例外。不过这一次实在是闹得凶了一点，连她的丈夫陆海平也不能泰然处之了。我们都知道陆海平从来是稳定压倒一切的，所以一般他不会为家庭中的小是小非花费过多精力。和他在单位里一样，他懂得权力下放。可我的好友雪荔偏偏是个滥用权力的人，在外面玩出花了，于是轮到陆海平吃不消了。这也正是我此行的一个动力。本来说好由我来扮演心理医生和调解人的角色，就像居委会里的工作人员每天在做的那样。前者是对雪荔而言，后者是陆海平的期望。现在看来第一重角色已经被取消了。

我问雪荔：“是你悔改了，还是你们达成了谅解备忘录?”

雪荔说：“狗屁吧！我是一意孤行。”

我问：“一条道走到黑?”

雪荔突然有些茫然，略带惆怅地说：“也许还走不到黑呢！不是说‘甜蜜的梦容易醒’吗?”

我抓住时机劝她：“那你就悬崖勒马吧，至少能够保住后半身。”

雪荔一笑，说：“我已经落水，也无所谓前半身、后半身了。其实落水并不可怕，可怕的是我甘于沉沦。”

那我就没什么好说的了。一切都很清楚。

雪荔说：“我向陆海平提出离婚了。”

我问：“什么时候?”

雪荔偏着头想了一想说：“大概有两个星期了吧?”

我马上就笑了。两星期前我正酝酿情绪找我们主管财务的副社长签字允许我出差乘飞机。顺便交代一下，我们那里有一条内部规定，出差必须去火车车程三十六小时以外的地方才可以乘飞机。当然，如果以北京作为基点向外辐射，这样的地方随着火车提速越来越少，稍不留神就会越出国门。不过有一种人是可以例外的，就是有正高职称的。而眼下我还相差甚远。另外我还有一个极个人化的原因是晕火车，因此我为了成行只有去麻烦我不怎么愿意去打扰的领导。好在一切顺利。但我也想，这回好在是为雪荔陆海平这些不相干的人瞎忙，要是有一天真是全心全意为人民，这两个星期的准备与耽搁会不会使当时十分迫切的革命工作也同样变得时过境迁呢?

吃完饭，雪荔叫我和她一起步行去她家里。

这个家应该是她和陆海平的吧？但我没有这么问。两室一厅，装修得很到位，情调很好。该用木头的地方都用了木头，该有灯光的地方都有灯光。雪荔让我坐在一只低矮的沙发里，隔着一张低矮的条桌，我们面对面喝茶。这套房子我还是第一次来，比原来的已经不知好出多少倍。上一次我来上海，他们还住在一间狭长得没有章法的房子里，我一直怀疑那间房子恐怕是生产轨道或者钢索的车间。我坐在舒适柔软的沙发里，突然就有一点替他们怀旧，觉得他们在那样的艰难里都嘻嘻哈哈地过来了，这会儿说散就散，不是多少有点可惜？我突然有一个感觉，我坐的大概就是陆海平平常坐的位子。在我这个角度看雪荔再清楚不过，除了后脑勺，正面侧面尽收眼底。关键是雪荔正面侧面都很优美，无懈可击，这在漂亮女孩子中也是不多见的。更加关键的是雪荔的美丽是妩媚的，是变化多端的，在不同的眼睛里会有不同的效果。就像好小说一样，只供阅读，不可解释，不受约束和固定。我不由得把自己设想成陆海平，马上我就悲从中来，黯然神伤。

雪荔说："你的心情我全懂，不过你不必杞人忧天。"

真他妈的，全倒过来了，轮到她劝我了。

我说："我总算弄明白了，其实男人爱上你或者失去你都是他们活该，咎由自取。"

雪荔乐了，露出两排雪白的牙齿，就像古人说的

“齿如编贝”。

我推开茶碗说：“我决定不管你的事了。”

这时电话铃响了。

雪荔跑去接。她的样子就像移动电话的电视广告，神态也像。这样我八九不离十就猜到了电话是什么人打来的。雪荔的声音不太高，和刚才不太一样。我清楚她不是怕我听见，只要我有兴趣，她是从来都肯向我倾吐衷肠的。她这样声音低低的，我想在电话中会有一种温柔和深情的效果，诱惑力更大。

这个充满诱惑的电话足足打了二十分钟。雪荔当然会想到我可能不耐烦，在接电话的过程中她已经把话机抱到了我们喝茶的条桌上来，她一边对着话筒应答，一边用手指蘸着茶水在桌上写了一行字，我伸头去看，可是无法辨认。她示意我拿笔给她，她在晚报的边缘写道：“他这个人就是话多。”好在这时电话断了。

放下电话，雪荔的脸颊更加红润，像是刚进行了一次性生活。她没头没脑地对我说：“我这人是不可救药了，我豁出去了！”她像电影里的女英雄一样义无反顾地一甩脑袋。我看出了她视死如归的勇气和决心。

我说："找死吧你！"

说完我笑起来。

雪荔也笑，笑得比我更疯更开怀，完全不是她在电话里的那个温良的形象。

雪荔嘴里让我坐着，自己跑进洗澡间淋浴。我立刻觉察她一定还有别的活动，我对着洗澡间说："都十一点了，还出去啊？"

雪荔边脱边说："十一点又不晚。"

当然不晚。对于一个被爱火燃烧着的人，每一个钟点都可以作为激情生活的开始，本来钟都是转着走的嘛。

我提出告辞。

雪荔半开了洗澡间门，伴着哗哗的水声让我不慌这一刻，待会儿一起走。我只得原地待命。这个空隙我围绕自己设想了两种可能性：一是也许雪荔会安排我见见她的新男友。这个猜测有一定依据，在过去的几年里，我见过数位雪荔得意的男朋友，包括我的大学系友陆海平。另一是雪荔即使自己单独外出，她也至少会和我一起散会儿步吧？以往她总是这么做的，似乎是将此作为不能带我同赴约会的一种安慰。当然，我知道这是我俩友情的独到之处。

浴毕雪荔换上一袭休闲性很强的纯白亚麻连衣裙，不施粉黛，只在粉红的唇上抹了一道略深一些的粉红色口红。她看上去真是新鲜欲滴。

我们携手出了门，走进温暖湿润的空气。上海的夜感人至深，让你能够体会到这个城市独有的气息。我觉得心情愉快。这个时候雪荔无论提议到哪里走走我都会欣然应命的。

但是雪荔没有。

她丝毫没有歉意地对我说："你打车先走吧，我们再找时间见面。"

这对我来说有点突然，至少与我刚才的设想不吻合。此时的另外一个"突然"是一辆出租车不叫自来，悄不出声地突然就停在了我们身边。与此同时，另一辆白色的大宇在马路对面缓缓停下。我看到雪荔浑身上下散发出魂不守舍的精光。我想我这会儿只有认命接受两种可能性之外的第三种可能性了。

这一晚我最大的失落是不能在雪荔那套整洁、富有情调又一应俱全的住宅里下榻。到上海后我没有给陆海平打电话，其实我一直是抱着住到雪荔那儿的幻想的，尽管当时我还不知道这套房子原来这么舒适、讲究。那会儿在雪荔处过夜的吸引是她肯定有一晚上说不完的话等着我去听。对倾听我从来是情有独钟的，尤其是面对倾诉。雪荔的倾诉一向富有色彩，今天她实在是有点心不在焉。坐在出租车里我还在想，一个人如果魂被人勾走了，这个人就应该算不得是原来那个人了。国家和政府也应该要求这样的人尽快到户籍所在派出所注销原有户口并重新登记。

我再回到走廊里没灯、洗手间里水声不息的招待所时，你想我有多沮丧。今晚我要和两个丝毫无法预见的人在一起睡觉，围绕我们而睡的也许是这个人数的两倍。我想大概我们会鼾声相闻，老死不相往来的。我踢门进去，这次房门还是半开着。都什么点了？我想这套房子兴许从来就没有关门的习惯，大概一向是敞门入场的。我几乎是摸索着墙壁往里走。我知道在墙的某处有一个厅里电灯的开关，这是我在进入这套房子不久就侦察好的。这一会儿我却反反复复摸不到。我又往里走了几步，无意间突然就触到了开关，厅里顿时一片明亮。

没想到我这个开灯的举动惊吓到了两个人。我看见他们的时候，他们各用右手捂着自己的心口。他们是一男一女，两人都脱了鞋，盘坐在同一张床上，就像两条盘坐着的蛇。我不知道在我开灯前他俩的姿态是否略有不同，但谢天谢地，至少眼下没有什么不堪入目的情景让我撞上，如果那样我会尴尬的。我觉得与我开灯吓着他们相比，他们这副样子也多少有点吓着我了。所以我想我们是扯平了，我就不必向他们说对不起了。于是我对他们说了一句更通俗的打招呼的话，我说："你们好。"

"你好！"两条蛇迟疑了片刻，几乎是异口同声地对我说。

我从他们脚边经过，进了自己的房间。

里面的两张床上分别半躺着两个人，我的床空着。看来今晚我们每个人都没有而且不会睡错。看我进去，她们都坐起来，朝我微笑。这么说她们都是革命好同志，我也向她们微笑。她们都很年轻，看上去只有二十岁出头。她们一点儿也不客套，一个对我说："洗澡水到十二点就会没有了。"另一个说："你快洗吧！"

很好，都是非常非常生活化的语言，有朴素自然的美，跟那两个小姑娘看上去的一样。我遵嘱抓紧这最后有热水的十五分钟。我已经顾不得把房间外的那个男人耗走。我进入洗澡间，大方地把水声开得哗哗的，不很在乎这个男女杂处的环境。十五分钟之内我胜利结束，热水还没终止。我想宁可我快一点，如果让它赶在前头，我就麻烦了，那该多么不尽兴。浴毕，我头上顶着湿漉漉的毛巾，脸上粘着湿漉漉的头发，堂而皇之地穿厅过室。我感觉到两条蛇的目光一直在我身上，所以我进入房间之后就反手把门关上了。

在我收拾一头长发的时候，我的两位同屋热情地和我说话。她们一边把吹风机塞给我，一边索取我方方面面的资讯，比如从哪里来到哪里去，来干什么，有多大了，结婚了吗，来过上海吗。她们最后的一个问题是："你怎么会住在这样的地方？"

这就奇怪了，这是我们单位的招待所，我还想问问她们怎么会住在这个地方呢。

于是下面的谈话换了一种方式，我问，她们答。我很快弄清楚她们的姓名年龄学历职业和出处，并且在和她们的简单谈话中迅速判定了她们的个性、阅历以及精明程度。这方面我具备职业长处，换一种说法是有职业病。这两个女孩子是这样的：晓月，二十一岁，来自江苏；刘佳，二十二岁，来自浙江。她们的共同之处是都从事药品推销，学历都是中专毕业。

我对她们从事的工作发生了点兴趣，我问："你们对推销的药品了解吗？"

晓月说："差不多吧。"

刘佳说："那可说不上。"

我又问："那你们自己吃吗？"

晓月说："真病了就吃呗。"

刘佳说："我们推销的基本是治癌症的药。"

你是不是和我一样感觉到了她们两个的个性是很不一样的？这个时候她们都从床上下来了，一个倒水喝，另一个在做什么我没太留意。我注意到晓月个子矮矮的，长得结结实实，带点婴儿的娇憨肥美。刘佳瘦瘦的，看上去有一点弱不禁风。这个时候门"嘭"的一声，一个满头发卷的脑袋伸进来，宽宽的脸上漾满了肥厚的笑容，笑容中那两片红唇说："你们——还没睡啊？"

她把门大敞开，走了进来。我看见厅里的床空了，男蛇走了。

她坐到晓月的床上，眼睛却一直看着我。她说："看来我们都是夜猫子，到晚上就兴奋。"

我估计是在她这句话之后露出了一些笑容，她不失时机地问我："你也是来推销药品的吧？"

我说："不是。"

晓月和我的话音同步，她替我答："是来采访的。"

她的眼睛马上一亮，说："是记者啊！"又说："怪道管登记的老头不给我换床。"她这么说，但我看不出她有责怪的意思。

"我叫红莲。"她自我介绍说。这个名字熟啊，但我一时想不起我在哪儿还认识另一个红莲。红莲继续说："我们三个见过好几次了，和你还是头一回。"

我问："都是在这儿吗？"

她们点头。

我说："真有意思！"

她们说："我们很熟。"

然后她们三个就聊开了。我在我的床上斜躺着看书。

隐约听见晓月在请教红莲明天该穿什么衣服出门，红莲不厌其烦地指导，而且还能说出一套一套的理论。我的注意力终于被她们从书中吸引出来。

听见晓月在说："你说他就是不理我，我有多尴尬呀！那个时候我就想，要是我很有魅力，吸引他跟我说一句话，买或者不买，我都死心了。"

红莲指导她说："你个子矮，其实穿这套短的不错。你有没有领子再低些的，再露出些，你的乳房长得挺好看。"

我瞥见红莲神情很严肃也很学术，但两个女孩子还是"哇"地叫了一声，然后哈哈大笑。

红莲朝我说："笑什么嘛！"

晓月又说："也有的时候正相反，话都说清楚了，他还是黏黏糊糊的，让你'小姐小姐'地再坐一会儿，有的还会把手伸上来，真是一点办法也没有。"

我觉得这个时候不该隔岸观火了，我说："你不就是要卖药给他吗？那就问他买不买吧。买就再跟他说，不买就不必跟他啰唆了。"

晓月转向我："要是他买呢？"

我说："那好啊，一手交钱一手交货，生意做完你扭头就走，同样不必跟他啰唆。"

刘佳这时发言了，她说："不是让他买药，是让他订药。"

我一下就傻了，这个时间差让我一下子不知所措。红莲却说："这位姐姐说得对，我们就是要把东西卖给他，他搭理不搭理，对我们是冷是热，我们的目的就是一个，所以什么时候都没必要尴尬不尴尬的。"

红莲的话很有用，晓月刘佳两个恢复了对我的信服。她们过分的信任，把我看作权威，让我有一点不好意思。我不得不表现出谦虚，我说："其实我们做的事情差不多，都是与人打交道，而且基本是生人。我们要他们按照我们希望的做，呼之即来，挥之即去，不出岔也不添乱，我们只有靠见机行事和随机应变，没有什么现成经验，也没必要墨守成规。"

红莲对她们说："你们年纪小容易学，要不了两三年比我们还能耐。"

我听她的口气怎么像一个老鸨。大家都笑。

我问红莲："你是做什么的？"

两个小的抢着答："她也是做推销的。"

红莲说："我不推销药，跟她们不一样。"

我问："你推销什么？"

红莲说："飞机零件，是我爱人家里生产的。"

什么什么，她爱人家里还能生产飞机零件？我问："不会是民用的吧？"

红莲说："就是民用的。"

天哪，她爱人家里生产的飞机零件居然会被安装在你我乘坐的飞机上，我听了差一点没突发心脏病。谁知红莲还雪上加霜地来了一句："我们都已经做了好多年了。"

我镇定了自己，问红莲："你们的飞机零件都卖到哪里了？"

红莲骄傲地说："跟我们订合同的都是大单位，我们信誉好，合同也大，这两天正在谈一个六千万的。"

我的天，她是想让我今天晚上就睡不着。

一直话不多的刘佳开口问她："谈得顺利吗？"

红莲说："也不是很顺利。你知道现在谈判比谈恋爱可难多了，签合同比让他跟你登记结婚还难。"她叹口气说："累心啊！"

两个女孩又笑起来。

我顺势问红莲："你结婚了吗？"我承认我有点居心不良，凭直觉我不相信刚才与她一起盘在外面床上的男蛇会是她丈夫，那么她在我面前若承认另有丈夫，我就可以为她这个人做出阶段性结论了。了解了解这些我平常接触不多的姐妹，对我而言也是挺有趣味的一件事。

红莲点头，说："你不是还看到我老公了吗？"

真是这样啊？我当然不能再顺势要求看看他们的结婚证。我追问："就是他家里生产飞机零件？"

红莲说："是啊！"

我问："他家是什么地方的？"

红莲说："温州。我孩子也放在我婆家。"

孩子在这里好像成了一个有力的佐证。红莲显然是听出了我语气中怀疑的成分，她开始介绍她与她丈夫相遇的经历。红莲说她是学声乐的，毕业于河南某师范学院。大学毕业后也没一个称心的工作，在洛阳遇到她现在的丈夫，她经人介绍受雇于他。红莲说："他对我很好，对我也很信任，他人也很好。"这三个"很"决定了他们从相帮相助发展到相恋相爱又到今天的相亲相敬，相看两不厌。但正是他们超过平常夫妻的那种热情似火令我对他们的夫妻身份产生了怀疑。好在我不是公安局法院联防队的，况且今晚他们也没住在一起。

红莲说起她的丈夫可以看出全身心地沉浸于幸福，飞红的面颊让她看上去显得更年轻一些。我琢磨红莲的叙述很像是一篇新闻报道，字句简练干净，关键是该渲染夸张的地方都渲染夸张到了，该隐藏省略的地方也都全隐藏省略去了。要不是她先说了她是学声乐的，我就可能会猜想她是学新闻出身的。如果红莲说的与男蛇的关系属实，我也难以相信当初他们的关系进展会像红莲说的这样纯洁高尚和按部就班，相信好多过来人都会赞同我的这个观点。由此，我也就决定对红莲的话打折听听而已。

我们终于要在哈欠声中结束谈话了。这个时候红莲已经拆下了满头的塑料发卷，把头发尽可能梳直，编成一条辫子。看来她是改变主意了，想在明天早上换一种形象出去。在我看来，她梳着发辫的模样要比她满头发卷或是满头鬈发的样子好得多。这方面我跟男人一样保守，我觉得她梳根辫子立刻就多了几分良家妇女的味道。

红莲出我们房间带上门的时候，我发现她的形态很温柔，轻手轻脚的，这使她很像一位贤妻良母。当然，也许人家本来就是。

到我们一个个在各自的床上躺平，整套屋子悄没声息时，我突然想起我记忆中的那个红莲来了。那红莲不是当代人物，也从没生活在我们这些真人之中，她是话本《月明和尚度柳翠》里的那个受人支使到水月寺勾引长老，破人色戒、坏人修行的歌伎。那红莲可是个厉害角色，巾帼英雄。不仅长得如花如玉，而且开放敢脱，自己就解了衣服，赤了下截身体，不由得长老禅心不动，两个在禅床上就两相欢洽起来。直闹得连话本这类皮厚的书都不好意思了，只能以□□□□表示“以下删去九十九个字”。

当然当然，此红莲不是彼红莲。别说两个红莲隔着朝代，根本不可能有什么关系，就是她们冥冥之中真有什么微妙说不清楚的关系，我也不该如此瞎联系的。

这一夜我的两个同屋最讨我欢心的就是她们不打鼾。但是到早上，天还麻麻亮，或者是因为拉着窗帘的缘故，室内光线还暗，我就被一种反反复复响起的声音吵醒。朦朦胧胧之际，我听出那是一种“巧笑倩兮”的声音。睁开眼，果然晓月床边坐着一个男的，正在抚摸她的胳膊。再看刘佳床上，同样也坐着一个男的，不过这一位好像举止要端庄一点。四个人发出的是一样的声音，嘻嘻哈哈，幸福无比，而且彼此不受干扰。但他们却干扰了我。可这种情况下你说我好意思喝令他们出去吗？当然不好意思。我只能装睡忍着。我本来是指望装一装便就势真睡过去的，睡懒觉方面我很有才能。可是这一回却失败了。不光是声音，当然还有情绪上的骚扰。我承认我确是拿出了最大的耐心和最好的涵养，他们却没把我的忍耐当回事。两个男的随着说笑的欢洽，竟在房间里随意走动起来。他们在三张床之间穿行，为自己的女朋友拿这拿那，好像在自家的卧房里一样。这使我们房间有了一种蜂环蝶绕的效果。

终于我对这些昆虫忍无可忍，我决定起床。但我马上遇到了技术性问题，我怎么穿戴整齐呢？总不能当着他们面吧？我坐在床上犹豫了片刻，最后我像地下工作者一样把衬裙、丝袜、胸罩这类细软都卷在衬衣里，趁着敌人注意力不集中的时候飞快地冲过了开阔地带，进入了私密性强的洗手间。

我马上发现原来连我们的洗手间都不再是一方净土了。洗手间的屋顶下交叉拉着两条绳子，上面用木夹子整齐地夹着男人的裤衩、背心、袜子等等，我一看就清楚这准是红莲的活儿。这个地方也完全被男人占领啦。我只能将就着在男人的裤衩背心袜子下换好了衣服。

当我穿好了衣服心里就悠然多了。经过过厅的时候我看红莲还在蒙头大睡，她对面的床空着。我心想男蛇怎么不就势睡在这儿呢？正在这时，眼前有东西一晃，我看见男蛇已经悄无声息地来到了面前。他朝我悄无声息地一笑，然后一只手就伸进了红莲盖着的毯子里。我以为红莲会大叫一声的，但她只是发出一连串舒坦的呻吟。我他妈的真比话本还不好意思，赶紧逃回房间。

这是一个催人奋进的环境，我是一分钟都不能多逗留了。我背起我的采访包外出投入工作。我想我走了他们会更方便些。他们也都不容易，都渴望幸福，但缺乏幸福的条件。关心人民、关注民生也属我们职业赋予的使命，我早一点走对我无妨，也算不得做出什么牺牲，不过是与人方便与己方便而已。

不过这个白天却因为我缺乏睡眠而变得冗长无聊。所有的日程我都一项一项坚持了下来，该见的人也都见了，该访的人也都访了，但我跟他们谈了什么我一点也记不清楚，有没有闹张冠李戴的笑话我也不得而知。总之这是得过且过的一天。这样一个白天之后我变得更加安天乐命和随遇而安，用流行的话说，也就是心态非常放松。有良好的心态是很重要的，因为当天晚上我要去见陆海平，这也是这天最重要的日程了。见陆海平我是需要准备一点精神的，因为我感觉他肯定比雪荔难对付。他是那种认真的人，尤其对感情认真，这是他自己说的。他对感情认真，注定我要伤精神。

和陆海平见面要比和雪荔见面正式多了。晚上七点钟我准时到达和平饭店，陆海平已经恭候在门口了。他领我从陈列洋酒的木架和演奏爵士乐的乐池边穿过，上楼进入餐厅。马上就有侍者迎上前为我们领座并提供服务。

我们坐下来。陆海平脱去浅灰色西服上衣，露出里面雪白的衬衣。他的头发也被摩丝很好地定型着，一丝不乱。他身后的窗户外面，是灯光闪烁的黄浦江，这为陆海平所在的画面增添了一种富有地域和时代特点的纵深感。他真说得上是神采奕奕，一副事业有成的模样，丝毫也看不出是一位下岗丈夫。

陆海平点菜也是大手笔，尤其好的是他熟悉我的口味。在他和我的闺中密友雪荔新婚燕尔之际，在我途经上海时，他就骑着自行车奔赴农贸市场买回活鸡活鱼及活的青蛙，并亲手宰杀烹饪。因此事隔七八年，这一切还令我记忆犹新，那些鸡呀鱼呀青蛙呀也理所当然将永远活在我的心里。陆海平为我点了龙虾，当然是真正的澳洲龙虾。螺蛳也有，但却是海螺。然后依次是新西兰的小牛肉、日本海的白鳗、法国的牡蛎，果盘中的热带水果也都是从被赤道横穿的国家空运来的。我因为受到我们招待所对视野的局限，认为眼前的一切太过铺张，不由得有点局促。好在陆海平并不为我所左右。而站在一边记录菜名的侍者比我沉稳多了，他的脸色越来越明亮，但就是没有露出欣慰的笑容。侍者走后，陆海平拍一下我的肩头，说："没事的。"他极放松地靠到后面的靠背上，"我有签单权，请个客不算什么。你知道吧，从上半年起我主管财务啦。"

这么说就是不吃白不吃。陆海平从来是非常大方的，不管是花自己的钱还是花公家的钱都是这样。我于是就心安理得地享用起来。当然，我也应该关心他的事。

我说："我见过雪荔了。"

我等他的反应。

果真他很感兴趣的样子，等我的下文。我突然觉得雪荔真是挺傻的，陆海平是多好的丈夫，人长得精神，在单位受重用，而且对她这么上心，她居然拂袖而去，这人傻不傻你说？我想如果雪荔腾出来，将会有多少姑娘为应征这个职位打破头啊！但眼下我还得就雪荔对陆

海平说上点儿什么。我说什么呢？我清楚陆海平希望从我嘴里听到的是诸如雪荔改变主意啦一类的话，但其实这是一点迹象也没有的事，而且事实恰恰相反。这点我想陆海平同样清楚。雪荔当然不会因为我从北京飞来调解就回心转意的。连海湾战争不都还没有调解下来吗？依我说陆海平请我的这顿晚饭都是没有必要的，事情是很清楚的。我突然觉得好笑起来，我说："海平，雪荔就真那么好吗？"

陆海平很认真地思考了一下，像回答记者提问那样回答道："毕竟我们结婚七年多了，朝夕相处，还是很有感情的，至少我对她很有感情，或者说爱情。现在说这两个字好像很不好意思，我对她也从来不用这样的字眼，其实这两个字还是挺美的是不是？我琢磨过，爱情是让人缴械投降，没有一点原则好讲的。我对她就是这样。所以……所以她跟我提出来后我度日如年。你问我雪荔是不是真那么好我不知道，我就知道雪荔好。"

陆海平说着就动感情了，我真害怕他会在这个体面的餐厅里流下眼泪，那样在别人的眼里就会不知道我们两个人发生了什么事情，那样我就有口难辩。关键是，今晚陆海平注定得跟我在一起，我不想使我们剩下的大段大段的晚间时光被失落忧戚的气氛笼罩。我们应该高兴一点，首先我应该让陆海平高兴一点。

我劝他：“你多吃一点，这菜真好极了！”

陆海平却说：“你多吃一点吧。和她分开以后，我对什么都没胃口了。”

原来爱情还直接关系着胃口。我说：“那如果雪荔真的不回心转意，你恐怕最后会被饿死。”

陆海平终于笑起来。

他说：“饿死好啊，我不怕死。”

其实我的话重点是在前面那个作为假设性前提的分句上的。我在向他传递一个信息，是根据我的观察与分析获得的可靠情报。我想我已经表达得够直接的了。

我说：“你还是好好活着吧，不是说‘天涯何处无芳草’吗？”

我总算成功地控制了陆海平的情绪，至少他暂时不再为情所苦。他和我谈论机构内部的改革、创收途径、奖金分配、广告提成等等，处处表现出他的独到与精明。我想那份赫赫有名的大报用陆海平做主管财务的副总编是非常正确的，他是一个真正实干又有头脑的人，关键是对所做的事上心，充满了热情甚至是激情。我猜想不出他在与我的好朋友雪荔结婚七年后在家庭生活的主战场上是不是也对所做的事如此上心，充满了热情甚至激情。要这样雪荔还主动下岗，那就是我们雪荔不对啦。

结束和平饭店的晚餐，天色刚刚黑透，夜晚进入它的青春期。我们当然不该时光虚掷。陆海平问我想玩些什么，我可说不好。我是个兴趣散漫的人，对什么都有热情，但热情不集中。陆海平说："要不带你参观一下上海这几年新建的大饭店吧，看看我们上海的建设发展成就。"

驱车启程。我们就像两个有关部门的官员所做的那样，锦沧文华、波特曼、希尔顿、花园酒店、新锦江，从一座饭店赶往另一座饭店。陆海平负责介绍情况，我则边听边点头称好，同时提出问题或质疑，陆海平继续回答，直到我满意。到新锦江的时候略略出了一点岔子，其实也没出什么岔子，事情不复杂，可以说清楚。

当我和陆海平在新锦江饭店转了一圈后，陆海平提议到顶楼旋转厅看夜景，我马上接受了这个不错的建议。我们走进了升降电梯。这个升降电梯是透明的，懂行的人把它称为“观光电梯”，在里面可以看见饭店外面的风景，随着它的上升，还可以鸟瞰城市。我和陆海平进去时电梯里空无一人，我们各把一角站住，暂时无语。电梯飞快升高，城市迅速坠落到我们脚下。我看了一眼陆海平，这个时候他正透过电梯的玻璃，俯视上海城。他似乎感觉到了我的注视，也把目光投到我身上。电梯仍在上升，但这个时候电梯里的气氛有了一点微妙。我不知道陆海平是怎么想的，我却在想，我们这样斜斜地对面而立，两人各向前跨出一步就可以拥抱，他如果向前迈上两步就可以抓住我。尽管我们可以鸟瞰全城，但我相信全城这一会儿恐怕没有一个人能看到我们。我突然就有了一点莫名的担心，害怕发生什么。我看见陆海平的脸有一刹那的发白，他的微笑凝固在脸上。我在心里数数。好了，到达顶层了。电梯门自动打开，我们一前一后步出电梯。他习惯地让我走在他前头。没出意外。陆海平是个绅士。

我们坐下来，开始享受最低消费一百五十元。我们都点了鸡尾酒，陆海平是“红粉佳人”，我是“十全十美”。这一会儿我已经坦然多了，也不再为破费了陆海平单位的金钱而负重。谈话到这时也变得轻松。我问陆海平：“你这么有魅力，就没有喜欢你的女孩子？”

陆海平始终保持了一个共产党员的谦虚谨慎，他说：“我有什么魅力吗？你这么说让我不好意思了。”

他真的有点不好意思。

我说：“魅力先不说，至少你是很讲感情的吧？”

陆海平点头，但显得漫不经心。他接着我前面一个问题说道：“不瞒你说，我们那里也确实有两个姑娘挺喜欢我的。”他一笑，“不过你知道我不是那样的人。”

他这句话差点让我羞愧难当。他不知道他这么说已经很脱离群众了，他恐怕还自以为是清高呢。再说，他这么说也显得我像个教唆犯。好在他马上就改口了，他说：“其实，有一个姑娘还是挺可爱的，她是我们那儿的机要秘书，人温柔极了。”

我不懂“机要秘书”和“人温柔极了”有什么必不可分的关系，但这两个因素显然使陆海平找到了一个美好的感觉。这一晚剩下的时间我们再没谈到令人不怎么愉快的雪荔，而是谈机要秘书，围绕机要秘书陆海平还饶有兴致地向我了解北京的风化、情人规则以及女性心理，我尽己所能，回答得力图让他满意。

最后他不无遗憾地说：“你信不信，我从来没有过婚外恋情。”

他说这话的沉痛表情深深地打动了我。我完全听明白了，他并不是在遗憾这些年来自己没有婚外艳遇，而是在控诉即使他一颗心全扑在雪荔身上雪荔竟也不领情。我迎住了他投向我的其实是凝视着远在别处的雪荔的灼热而无助的目光。这一刻我是雪荔的借尸还魂，来听陆海平剖明心迹，陪他度最后一个昔日不再来的晚上和作最后一次平和不争吵的告别。

他送我到招待所楼下，他说：“今晚我很愉快！”

我不知道他是在对我还是在对雪荔说，所以我拿不准对他回我的还是雪荔的那句台词。所以我什么话也没说。他坐回车里，两眼炯炯地朝我挥手。出租车刚刚启动，透过夜色我看到陆海平眼睛里两点熠熠的火苗熄灭了。

当我踏进我们分社的院子，仿佛走出了一重气氛，到了一个平易近人的世界，马上有如释重负的感觉。我知道那种气氛是陆海平带来的，现在好了，又由他带走了。

我正往楼里走，迎面走出红莲。她浑身香喷喷的，背一只小包好像忙着出去应酬。看见我，她主动说："我出去陪客户吃夜宵。"

出于对她热情的回应，我说："够晚的了！"

她说："做生意有什么办法。"

没看到她形影相随的男蛇，我随口问她："你爱人呢？"

她说："他在陪着另一拨客户。"

红莲正欲匆匆离去，突然她停住了步子，看着管住房登记的老师傅摇着蒲扇，在自己的腿上拍着，从光线不足的走廊里晃晃悠悠地走出来，她似笑非笑地说："老师傅，您答应给我调房间已经有几天啦？您是忘了吧？您怎么还让我睡在过道里啊？"

老师傅挥了挥蒲扇说："不是我不给你调啊，你看房间里哪有空床啊？"

红莲还是一副似笑非笑的样子，说："远的不说了，刚才就有一个女的进来，直接进大屋了，她不是您亲戚吧？"

老师傅说："笑话，她怎么会是我亲戚？人家是博士生。"

老师傅说得很严肃，而且看上去有一点生气了。

红莲马上就真的笑了，眼睛弯弯的，笑容很肥厚。她柔媚地对老师傅说："我和您说着玩呢，我知道您不给我换床是替我省钱，一样住一夜，我睡一觉就比她们白赚二十块。不过下次来您老记着照应我！"

老师傅的脸色立即透亮了，说："这么说还差不多。我怎么会亏待你？我干吗偏要亏待你呢？"

红莲朝我一笑，脚步噔噔噔地走出了我们巴掌大的院子。

我回到房间的时候里面出奇地安静，就像没有一个人一样。厅里的两张床都空着，两边房间都房门紧闭。我的两位同屋都已经睡下，我们房间里弥漫着冷霜和女孩子呼吸的芬芳，真有几分香闺的味道。今夜这套房子真正成了女儿国了，纯洁无瑕，可以放肆地在里面活动。所以进入洗澡间之前我在房间里做了最充分的准备，也就是说我只穿了最少量的衣物。浴毕，我以同样轻松自然的形态走回房间。然后，熄灯睡觉。

不知道过了多久，有一种玄妙的声音似有若无地钻到我们房间里。那种声音带着一定的节奏和旋律，压倒了洗手间里绵绵不断的水声。那种声音离我们不远，就在我们近旁。迷迷糊糊之中那个声音激烈起来，一个女人像被扼住了颈项一样，“啊”了一声就断了气了。我清醒过来，突然明白对面房间正在发生什么。

这个时候我的两位熟睡的同屋也醒了过来。我先是听到她们翻身的声音，然后一个口齿清楚的醒透了的声音响起，带点儿漫不经心问另一个：“后来你告诉那个博士生到哪儿吃饭了吗？”

另一个同样口齿清楚的醒透了的声音带点儿漫不经心答：“我只告诉她餐厅的小吃部营业到九点钟，别的我没说。”

“那她吃上饭了吗？”

“我哪知道？吃没吃都跟我们没关系。”停顿片刻又说，“肯定吃过了吧，那么大劲头！”

两人吃吃地笑起来。

我很想跟她们一起笑，但是我忍住了。

我想我没必要跟着这两个小丫头去对另一个读书人落井下石。她事先一定不了解这套房子除了特别潮湿之外隔音还十分不好，也许人家知道但不在乎。话说到底，不就是一次做爱嘛。在这个人口一千万的大都市里，哪怕这一夜只有十分之一的人做爱，那也超过了一百万人次。这一算还有什么值得大惊小怪的呢？笑话人家更没有必要。

这一夜剩下的内容不多。五分钟后我们听见一声开门和关门紧密相连的吱呀声，我判断是我们对面房间有人离开。又过了不知多久，是由大门前后脚发出了两次类似的声响，估计是红莲和博士生的同屋前后脚归来。

次日早晨几乎是前一天的翻版。天还麻麻亮，或者说因为拉着窗帘室内光线还暗，正是好睡的时候，我被耳边不绝如缕的甜蜜的声浪嗡嗡醒。睁开眼睛，昨天早晨的那两位男士像值早班一样已经按时坐在我的两位同屋的床边。这真是一个扰人的习惯，但我仍然决定顾全大局。我平静地躺着。今天我已经不像昨天那样慌张了，因为我事先已经做好了充分的准备啦，我已经在昨夜临睡前就把衬裙、丝袜、胸罩一类的零碎塞到了衬衣里，今天要做的比昨天简单一点，我只要在敌人注意力不集中的时候穿过开阔地带就行了。

红莲进来。她穿着睡裙，落落大方，尽管一脸的睡容。从红莲的身上我认识到其实睡裙也是衣服，穿着它见人也不算丢人。她坦然地瞄了那两位男士一眼，冲他们一点头，然后跟他们一样，大大咧咧地坐在我的床沿上。她问那两个小的："昨天你们衣服买了没有？我回来看你们都睡下了。"

晓月刘佳马上格外兴奋起来，连声答："买啦，买啦，我们穿给你看!"

为了脱和穿的方便，两位男朋友被暂时支使到餐厅等候。两位男士很不乐意，但还是起身出去了。看来他们还是比他们的女朋友老实。

这边开始了紧张的彩排。

晓月先穿好一身。

红莲发表评论："太大了点儿，再紧一号就好了。你人要站直，让乳房离开你越远越好。对，对，就是这个样子！姐姐你说是不是这样？"

晓月和刘佳已经笑成一片。我说："红莲，你真是个好教练！"

红莲说："我还教过艺术体操呢。"

下面是刘佳。

刘佳穿了一套月白的长衣长裙，很有一些林妹妹和病西施的韵味。红莲赞好，告诫刘佳说："你这一身衣服不错，不过晚上不要穿。你清高得像个影子，人家想看到的，说难听点，是热乎乎的女人，你至少得让人家看着受用吧？"

又笑成一片，包括我。

红莲说："笑什么嘛？我不跟你们开玩笑。"

这个白天她们看来就有了些额外的事情要做了。晓月要拿衣服去换号，刘佳看来得重买一套了。她们三个又热烈地聊了一阵，都说今晚到了她们生意的关键时刻。

我以为这一晚也会是我很有内容的一个晚上，因为雪荔和陆海平都希望我能把这个晚上留给她或他。他们把我当作亲人，这让我这个不怎么热情的人也不由自主地有了一些满足和成就感。所以我白天的工作草草了事，为的是腾出时间和精力来使这个夜晚丰饶饱满、满载而归。但是，实际上这个晚上因为某种其实也是可想而知的原因，我既没见着雪荔，也没见着陆海平。这个晚上我是颗粒无收。

出现这样的情况真不是我的问题。雪荔一直是信誓旦旦的，她说："我们还没有好好谈谈呢。"那就谈吧。我来就为跟她谈的，否则我们还能做什么？但是直到傍晚她还没有打来确定约会的电话。而这时陆海平还在等着我给他回电话。于是我把电话打给雪荔，她既不在班上，也不在家里。我想她也许又在路上了。我呼了她，她很快就回了电话。她的声音懒懒的，她说："真想你啊，可是我一点儿都不想出门。"

我问："你在哪儿？"

她说："我在浦东呢。"

她的声音听上去甜甜柔柔的，带着一种饱满欲滴的味道。于是我马上可以准确判断她是在什么地方了。

我说：“好吧，你不想出来就不要勉强，好好待着吧。”

说实话我心里不太高兴。她不该让我在她的爱情面前这么无足轻重，尽管我在她的爱情面前确实那么无足轻重。

在我打算挂电话之际，雪荔继续说：“其实不是我不想出来，改一天行不行？你还会待几天吧？”

我说：“你就管你自己吧，不必管我了。”

我说的是实情。这会儿我情绪平静，也没有不高兴的意思了。这件事已经被决定了，我只是不想就此再多说。

雪荔却在电话里问我：“你是不是不高兴了？”

我真的有点烦起来，我立即反唇相讥：“我干吗不高兴？陆海平还等着约我呢！”

雪荔马上笑起来，如释重负一般。她说：“太好了，那我就安心了。”

你说这叫什么事？

放下电话我该给陆海平打过去，但我却一点情绪也没有。我好像完全能够展望这一晚上如果和陆海平在一起会是什么样子，一幕一幕都很清晰。也就是说这个晚上对于我已经是已知的了。关键是我既没好消息也没新消息带给他，所以与陆海平聊天、共进晚餐之类的想法全都令我感到乏味。于是我取消了给陆海平打电话的计划，我想不给他打，他就会给我打，也许那时候我又改变主意了，或者我会找到一个得体的理由回掉他。

有趣的是陆海平好像明白了我的心意一样，他也始终不给我打来电话。天一点点黑下来，而且越来越黑。我一个人待在招待所的那套房子里，亲爱的同屋们肯定在各忙各的，眼下是一个人影儿也见不着。我一直处在一种等待的状态中，而且无法摆脱，尽管我什么也没在等。人就是这么怪。我已经有点像热锅上的蚂蚁，坐立不安。我一直担心电话铃会在某一刹那震响起来，好在一直没响。在这种消磨意志的情境中，我感觉到了饥饿，饥肠辘辘。我到餐厅小吃部吃了一碗鸡汤馄饨。吃完鸡汤馄饨我就明确今晚与陆海平的任何一种见面活动都被取消了，因为没必要了。

我开始在这套生活气息很浓的房子里为自己寻找一

点可能的娱乐。我打开电视机，但却无论如何也调不出一个能见到人形的频道，连声音也同样是不成形的。我只得放弃。我在洗手间高高的窗台上找到了一摞新闻周刊，觉得与自己神圣的工作还沾边，就拿回房间去看。但我很快发现我无法投入阅读，一是灯光太暗看不清字，第二更要命的是我有点弄不懂那些话语的含义是什么。跟我眼下的生活相比，新闻周刊里的所有文章都有点高深莫测，让我无法领会。这显然不具备娱乐性，于是我立即放弃。

这个时候我突然有了一个心血来潮的念头，我想知道这会儿陆海平正在干什么。本来他的这个时间应该是属于我的，现在又属于谁了呢？我给他办公室打电话，没有人接。我意外地感到有一点失落。我打他的手机，他马上应答了，能听出来周围的环境非常嘈杂。

我问他："你在外面吗？"

他说："是呀，正和一个朋友吃饭。"

真是岂有此理，他竟在和别人吃饭！

"你吃饭了吗？"他问我。

我说："我等着你约我呢。"

他当真了，说：“那可太对不起了！我一直等你电话的，直到——”

我笑起来。我说：“得了得了，不说我了。说你自己吧，在和什么朋友吃饭呢？”

他也笑起来。这个时候电话清楚多了，我猜想他一定是做了恰到好处的移动。

此时他的语调也放松了，他略显激动地对我说：“我在和她吃饭，昨天和你说起过的。”

我说：“机要秘书？”

他说：“我们谈得很投机。我还要谢谢你呢！”

我说：“我不值得谢。你感觉好就行。”

他激动地说：“感觉很好，真的！”

电话结束，我只有一个感觉，就是——更无聊了。

我突然觉得这次旅行到头了，我决定明天就走。为了不打扰陆海平与机要秘书的初次约会，我在他的呼机上打了留言，请他务必为我买明日返京硬卧车票一张。这类事别人办起来不容易，但对陆海平来说应该是小菜一碟。反正飞机我这次是不坐了。

这件事办妥我就心定了。这个时候我眼睛一亮，发现了晓月放在床上的小收音机。说实话，已经有很多年我不听收音机了，除了在乘出租车时偶尔听听。但在这套灯光昏暗的房子里，人在旅途，收音机的声音也可以当作一种陪伴，至少发出的还是人声吧。

我费劲地调台。和作为精神食粮供应点的电视机一样，它也很难发出人类正常的声音。终于调到了一个清晰的台，我凭着手指敏锐的感觉把它不左不右精确无比地固定在某一个点上，我终于听到了一场别开生面的谈话，而且几乎令人难以置信，节目主持人恰好是我的好友雪荔。

我好像一直忘了交代我的朋友雪荔的职业，她大学毕业就去了电台，先做午间节目的记者，后来不知从什么时候起做了主持人。据说她的节目以敢于直面人生、人性，广泛涉猎情感生活而吸引了众多听众，也成为他们电台的一个黄金栏目。雪荔也由此成为沪上的名主持人和有一定知名度的女人。顺便说一句，雪荔的本名叫蒋小丰，我们认识并成为无话不说的朋友时她就用这个名字，雪荔是她的艺名。但我和她所有其他的朋友对这个名字都很接受，即使在以往的朋友当中，也没有人叫雪荔为蒋小丰的。我们都是一些爱慕虚荣有贵族化倾向的人，我们喜欢看到化了妆的脸庞和装修过的房屋，我们同样认为名人不该有显赫的、令人骄傲的历史以外的历史，当然，也不该有华丽典雅的名字以外的名字。

雪荔正说着的这个节目挺有意思的，起码是题目有点惊世骇俗，叫作："面对女儿的性开放"，让你一听就有兴趣听下去。

……

女人：你说现在的孩子是不是越来越离谱了呢？她才十九岁啊，上着大学，她在男女交往中就很随便了。我问过她，（她）先是不说，现在好，什么都对我说了。她说先是他们学校化学系的一个男孩和她谈朋友，她认为是真正的爱情，就以身相许了。后来很快发现这个男孩与别的女同学还有关系，而且是那种关系，她就失望了。和他吵了架，以后不来往了。这就罢了，结果呢？结果是以后她碰到她喜欢的男孩就可以以身相许，她自己说甚至不再在乎他们是不是恋爱对象。我知道他们之间也不存在金钱关系，我女儿认为他们的关系是纯洁的，这是什么意思嘛？我说过她，也骂过她，不管用。她说对我说就是信任我，叫我不要管她的事。我怎么能不管呢？她是我的孩子啊！

雪荔：这位母亲的焦虑我们是可以体会的。在录制本期节目之前，她一连给我打过三次电话，在电话里她都哭了。（母亲插话：我真是一点办法也没有了，只有求助社会。）如何挽救我们的孩子，让他们从小确立正确的合乎道德的性观念，这似乎已经是一个不容忽视与回避的问题了。让我们来听听专家的回答。

专家：中国古代就有“食色性也”这样的话，说明性在人的生活中是很重要的。性解放本是对几千年性禁锢的反抗，但性解放不等于性放纵和性淫乱，人类的性行为应该受到法律、道德、伦理、人格等等的制约。对青年人的性观念我们尤其要注重正确的教育和引导，绝不可以放任自流。性和爱情都应当包容在婚姻之中，不属于婚姻的爱情或性行为都是自我放纵。人的思想观念可以变，但做人的道理和原则永远不能变——自爱才能被爱，洁身自好才能过上纯洁美好的生活。我们作为父母应该给我们的孩子们补上这一门课，竭尽我们自己的职责。

女人：（语气急切）我只是不知道怎么样去说服我女儿……

雪荔：刚才我们已经接到了不少听众打来的热线电话，因为技术的原因那些电话不能接进来，所以呢，也就不能现在就那些问题与专家讨论和向专家请教。但那些问题我们会在以后的节目里进一步探讨。刚才打来热线电话的多为青少年，也有一些是家中有正处在成长期孩子的家长。有位家长说这期节目给他的震动很大，他也有一个十九岁的女儿，在外地上大学，但他从来没有听女儿说起过自己和异性交往的事，也没在这方面关心过女儿的想法和做法。他说："真没想到这件事已经这么严重了。我们一心培养孩子，为她提供一切条件，但也许这么件事就可能把我们的孩子给毁了。”所以我们也就此提醒所有的家长，在对孩子进行正确的人生教育的同时，也别忘了对他们进行正确的性教育，让我们的孩子顺利地度过成长期，顺利地进入成人世界。

……

这个节目让我听得乐不可支。我想这样的节目不做还好，听这样节目的人，困惑的恐怕永远得不到释疑解惑，而本来沉睡的这会儿却再睡不安稳了。我比较钦佩的是我的闺中密友雪荔，她可以堂而皇之地打擦边球布道，又可以心安理得地躺在情人的怀抱里享受婚姻之外的爱情和性。说实话，我对雪荔一点意见没有，只是佩服她活得健康向上。我不知道她为什么不把这些真实的情况报告给那些十九岁的大学生和他们的父母亲。这难道不是一种理想的生活模式？这实在是久经探索才被发现寻找到的理想的生活模式啊！听了雪荔这期节目，我的另一个感悟是生活本身不重要，重要的是如何对生活进行表述。说明了点，其实我们日常怎么过的都差不多，一样的吃喝拉撒睡，一样的打喷嚏、挠痒、晃悠、做爱、无事忙，但我们在说的时候就千差万别、大不一样了。而且这一说直接决定了我们生活的高尚与卑下，伟大与委琐。

这个节目真是不错，听完我的困劲儿就上来了。我牙没刷就睡着了，而且睡得香甜无比。我太有理由睡好了，我既没有一个芳龄十九岁的女儿，而且我自己也早过了十九岁芳龄。

半夜引诱我醒来的既不是灯光也不是她们低低的说笑声，而是一种香甜的气氛，远比我的睡梦还要香甜，是一种充满诱惑和能让你满足的吸引，在夜的遮掩下像波涛一样一浪一浪向我涌来。我想沉下，它却轻轻托我浮起。我再沉下，它再托我浮起。它让我兴奋起来，快乐起来，让我与它融为一体，使它完成对我的勾引。

我睁开眼睛，果然看到了让我吃惊的一幕：我们房间唯一的一张桌子上摆满了盘盘碟碟，里面装着切好的水果，还有一只高达三层的奶油蛋糕和花花绿绿的冰淇淋纸杯。我的两位同屋都没睡，红莲也在，她们在低低地诉说。我只对摆在桌上的那些东西感兴趣，刚才它们已经联袂走进了我的梦里，注定我和它们是有关系的。

我对她们说："你们是不是要庆祝什么啊？"

她们三个被我吓一跳，都看着我。她们说："庆祝什么呀？今晚我们都是一事无成。"

好嘛，说明颗粒无收的并不是我一个人。

我饶有兴致地起来坐到她们那边。有我的加盟她们更兴奋了。她们把三个人已经讲过一遍的话又重新讲给我听，依然那么兴致勃勃。

红莲用一种在夜里听来相当有魅力的嗓音叙述：

"我本来以为今天会大有收获的。为了这个晚上我们已经做了好多铺垫了。请客、送礼、塞钱、找小姐陪，来来回回的，上海都来过三次了。六千万的合同啊，方方面面都弄妥了，全打点到了，就打算这一两天正式签了。六千万啊，都是家里做做的，你想，赚多少吧？所以，今天晚上我们就在法式餐厅请客，上海有名的复兴公园里的那一家，上的都是好菜，什么好菜都上了。事先我知道今天还是他的一个蜜的生日，我说，那就把她也请来吧？他半推半就的。我知道他心里是很开心的。但事情坏就坏在这里。谁能想到呢？想到我也就不这么着了。那个小蜜倒是来了，我先带她到一个专卖店里买了一个小包送给她，她高兴得不得了。饭吃得也很有气氛。我清楚把这个管签字的哄好就全有了。今晚请的范围也很小，除了我们夫妻，他和他的小蜜，还有一个总跟着他的人，就没别人了，都是自己人。我一直注意他的情绪，他真是很高兴啊，也很放松。后来突然就出事了。你知道怎么了吗？他老婆找来了。这还了得！还是那个总跟着他的人发现得早，悄悄对我们说赶紧让李先生避一下，真是说时迟那时快，就把李先生带走了。要是他不说，我们怎么知道李先生的老婆来了呢？谁认识他老婆？李先生是走了，但那个小蜜还坐着。那女人就冲过来了。我估计她是一数碗筷就知道是怎么回事了。她一句话不说，上来就一把薅住了小蜜的头发。小蜜不经薅，我看她疼得要命。我赶紧去拉。餐厅的招待、领班都过来拉，菜还是让那娘们儿打翻了不少。后来我们把小蜜送走了，又把这一个哄上了出租车。这边打架李先生吓得一直躲在洗手间没出来。这顿饭就这么吃砸了。你说李先生还会有什么好心情？我们后来听总跟着李先生的那个人说，李太太跟踪那个小蜜已经有一段了，她们已经交过一次手，这是第二次了，所以仇人相见分外眼红。你说我们他妈的冤不冤啊？她这一闹说不定就把我们的六千万合同闹掉了！没事我还一个劲儿在担心出横岔呢，关键时候哪经得住闹呀？那女人也是想不开，你做你的大老婆、官太太，在家不愁吃不愁穿的，出外有人奉承，你跟个小蜜较什么真？一个小蜜要到你那份儿上，够她奋斗好一阵子的呢，没准奋斗一辈子也到不了。再说如果没有这小蜜，我们一样也会找女孩陪他，她还都管得了啦？所以说呢，女人有的时候不知怎么就是不明白。所以说呢，头发长见识短。弄得我们连饭后甜点也没来得及吃。人都走光了，总不能我跟我老公坐那儿吃吧？吃了我们两个也签不了合同。我让他们打包，回来踏踏实实吃。我这人就是想得开，这些东西咱们自己吃了，合同也未必就签不上。反正今天是说不上了，一切都等明天再说。不是说‘明天更美好’吗？我这人就是乐观主义者，这叫拿得起、放得下。”

晓月说：“我真是佩服你，要是我碰到这样的事我肯定就没办法了。”

刘佳说："其实你们如果另找一个女孩陪他，事情肯定就简单多了。"

红莲说："那可不是！"

我指了指桌子，说："真可惜了这些好东西！"

红莲马上招呼道："你们吃吧，这些他们都没动过。我拿回来就为我们一起吃的。"

这话真是正中下怀，但我们都没有马上扑过去。我们（尤其是我）都放慢了动作的节奏，好像有点迟钝一样。我们都表现出一点不好意思和扭捏。红莲又一次次地招呼我们，我们才磨磨蹭蹭地走向那张桌子。

我们当然吃得很痛快。红莲很大方，她最大量地把那些好吃的装到我们的一次性纸托盘里。看来她真是事先就想好要让我们共享的，连纸托盘都给我们准备好了。那些水果、奶油蛋糕、冰淇淋因为来自高档的法式餐厅，所以它们的品质无可挑剔。尽管意外地经历了一场没有硝烟的战争，使它们从贵族化的地方来到了民间，从晶莹优雅的玻璃器皿中来到了简易轻便的一次性托盘里，但吃上去它们的味道还是那么纯正优美，说明它们一点都没有受到意外的影响。

一边吃着，我问晓月和刘佳：“你们说你们今晚也不顺?”

晓月说：“我们也是该拍板了，但别人捷足先登了。要不是我们赶过去，人家就签完了，就没我们什么事了。”

刘佳说：“她比我们有能耐，比我们豁得出去。我们赶到的时候人家正坐在管事的人大腿上，你们想还有什么事办不成的?”

我边吃边说：“她坐你们不会也坐?”

晓月说：“我们不是到晚了一点吗?

刘佳有点气愤地说：“当着人就能这样，背地里还不知是什么花样呢！本来生意好好地做，你做，我们也做。有这种人，我们就根本没法做了。”

红莲也叹口气，说：“唉，生意真是不好做，越来越难做了。从前同行还比比各家的产品，现在比的是谁思想解放，谁更胆大，谁的花头更多。我这人是比较守旧的，这么几年我从不亲自陪客户，我都是花钱为他们找小姐，他们自己有当然更好。不过像今天这样演砸了是个例外。现在那些做生意的也越来越不要脸了，都已经到亲自三陪的地步了。一锅饭全让她一个人吃了。”

刘佳晓月齐声道：“这还没够呢！”

两人为异口同声笑起来。

我说：“你们别光顾声讨别人啦，天不早了，洗洗早点睡吧。”

她们想起来似的转而问我：“一晚上你都干什么了嘛？”

我说：“听了听收音机，然后就睡了。”

她们同情地说：“够无聊的，还不如跟我们一起去玩呢。”

又是一个天刚麻麻亮的时刻，我听见窗外有人在低低地叫我名字，还是一个男人的声音。我想不出这个人会是谁，但他叫我的名字是准确无误的。我在睡裙外加了一件短袖衬衫就出去了。其实房间大门并没有关，我来到走廊里，看到站在外面的是陆海平。

我问他：“有什么事吗？”

陆海平说：“我来给你送火车票。”

“这么早？”我觉得这个时间有点不对劲。

“一会儿我就要去广州。”陆海平说。

“私奔?”我问他。

“有点公务。”他说。

他的表情很严肃，一点也不开玩笑，一点也没有昨晚和我通电话时的那种激动。我想这会儿他一定是不在和机要秘书感情暧昧的那种状态之中。他像一个真正的男人、官员那样充满了对朋友、对事业的责任感。

我侧身让他进屋，我对他说：“进来说吧。”

他看我一眼，犹豫了一下，又看我一眼。也许是我的眼神太坦然了，他坚定了决心，进了我们屋子。

经过门厅的时候，陆海平猛然被吓了一跳，红莲和她的老公盘坐在床上，作男蛇女蛇状。我不知道红莲老公是什么时候进来的，也许在我出屋时他就已经坐在那儿了。我早已经见怪不怪了。我朝他们点点头，他们也朝我点点头，但他们好像更感兴趣的是陆海平，眼光都转移到了陆海平的身上。我想陆海平这会儿应该是芒刺在背的吧。

我让陆海平进了我们的房间，我想在这里他会感觉自然一点的。今天那两位男朋友还没来，我们屋还保持着纯洁的女儿国状态。

但没想到陆海平还是那么紧张。

他明显地手足无措，对我又爱又怜地抱怨道："你怎么住这么个地方呢？上海可住的地方有的是啊，你应该让我给你安排的。下次你来再不要住这种地方了。"

我搬了屋里唯一的一把椅子让他坐下，让他脸冲着墙，这样他就可以不看见我的两个睡着的同屋了，这样他的情绪也就能安定一些了，这样我们就可以谈一些话了。

我说："这是我们内部的招待所，应该是很不错的。条件是差了一点，但这里的人还是挺不错的，我们相处得很好，非常愉快。"

陆海平用狐疑的眼光看着我。

我想他准又以为我是在真真假假。平时我是有那个爱好或说毛病，但这会儿我是真的，真诚的，真心的，真格的。

我说："再说，我们出来只有四十元一天的住宿费，住贵了回去不好报账。"

陆海平不屑地一挥手，说："这你就不用管了。只要是在上海，我来招待你。你不是知道我有财权吗?”他冲我一笑。

我也一笑。我相信陆海平他们自己的记者出差恐怕也不会跟我们的这个标准有什么不一样，都是大报嘛。如果作为领导，他对他们记者说的肯定不会跟对我说的是同一番话。做一个领导和做一个朋友陆海平是很不一样的，所以我觉得他还有交往的价值。为了不辜负他的好意，我半真半假地对他说：“我们出来采访，还有一层意思是深入群众。你让我住得太讲究了，我不就脱离群众了吗?”

陆海平说：“你自己就是群众，你还以为你是谁呢?”

他真是很犀利，看来是这七八年跟雪荔练出来了。

他拿出火车票准备给我。他不解我为什么不坐舒适又节省时间的飞机回去。他捏着火车票，似给我非给我，一字一顿地说：“如果还是经费上的原因，你就跟我开口，好吧?”

他真是体贴入微了，只可惜他不是我们那个部门的领导人物。我接过火车票，仔细地收进钱包里。有了这张票，我的行程就圆满了，我不必在这套闹哄哄的房子里再过一夜了。说实话，有这三夜，我已经睡眠不足，而报纸上说经常睡眠不足对健康是相当有害的。我即将结束这种有害的生活了。

晓月刘佳的男朋友在这个时候双双形影相随来到我们房间，他们像前两天他们所做的一样大大方方地坐到他们各自女朋友的床沿上。他们在进屋时都留意到了陆海平，都用新鲜的眼光打量了他，以为是我为他们发展的一个新同伙。但陆海平却在与他们仅有一眼的对视中不好意思起来，他甚至相当局促，这让他们觉出了陆海平的稚嫩与可笑。他们也真的笑了那么一下，好在是对着他们的女朋友的，好在陆海平并没有看见。而陆海平的局促恰恰让我感觉出他是一个真正的绅士，是那种生活作风严谨的男士的典范。同时我也私下里为他的不好意思有那么一点不好意思。我觉得陆海平多少有点脱离群众，脱离生活。他如果能常到下面走走，他也就能很好地适应我们这里的环境，能够坦然处之。

送走陆海平我觉得我比陆海平还如释重负。我走回房间，就像走回一个熟悉的家里。我已经有点喜欢上这里了，如果不是这里的洗手间永远漏水，地面和墙壁总是湿漉漉地发霉，我一定会愈加喜欢这里的，也许会喜欢得不愿离开。在这里不管睡着还是醒着，积极行动着还是消极闲待着，我都始终在进行着一件有意义的事情，用我们的行话来说，叫深入基层。当然经过某大报领导、我的朋友陆海平的点拨，我对此有了更高层次上的认识，我有一句更精辟的话形容我的这种活动，当然这句话的版权并不是我的，是一个比我们都了不起得多的伟人的话，这句话是这样的：

“从群众中来，到群众中去。”

1998.5.31

后 记

花开三朵，各表一枝

这本书选取的三篇小说，创作时间跨度有23年，它们能凑到一本书里，只能说是机缘巧合。《上海夜色下的36小时》写于1998年，《月色朦胧》和《阳台上的鳗鱼》写于2021年。23年，将近四分之一个世纪，时光流转，万物变迁，小的长大，大的变老；也有不变的，或者说虽变却不觉其变的，如日月天地，山川湖海；还有既变又不变的，比如文学，推陈出新，独辟蹊径，却是薪火相传，生生不息。

《上海夜色下的36小时》

这篇小说写于1998年5月，发表于《人民文学》当年的第8期。我记得特别清楚，那是我第一次在《人民文学》上发小说，顺利得出乎意料。小说发表后被《中华文学选刊》和《作家文摘报》转载，还被列入《1998年中国最佳中短篇小说选》，我出版小说集时也用了这个篇目做书名。

每篇小说都有自己的命运，就发表和出版而言，编辑的眼光至关重要。我运气极佳，遇到了许多眼光独到、心性高洁且深爱文学的编辑，这是我的福分，更是小说的福分。如果得不到鼓励和嘉赏，我想我的写作或许难以坚持到今日。

站在今天看，1998年已经算得上是“遥远的过去”了，然而，在小说里它的气息依然新鲜灵动，我仿佛还能听见分社招待所客房里年轻姑娘们的嬉笑声和洗手间漏水的滴答声。虽说小说不是照相式记录，但那时的气氛如果放到今天去写，肯定不是那个味道。就像我们看一些有年头的照片，人们或朴素或时髦的穿着，脸上纯净的笑容和隐忍的悲伤，能瞬间将我们打动，这就是好作品的力量，穿透时光，历久弥新。

《月色朦胧》

写完长篇小说《盛宴》之后，我一直在读书，也许所谓“读书”不过是停下写作观花赏月的一个借口。某天我忽然觉得应该写点小说了，我随手从桌上的书堆中翻到一本茨威格的小说，朦胧读了两页，便有了这篇小说的灵感。

这篇小说是2021年2月开始写的，完成于3月。

《月色朦胧》写的是我再熟悉不过的生活。我从1984年起在新闻周刊工作至今，三四十年间见过纸媒的盛衰起落。我刚上班那会儿报纸几乎都是传统的四版，大约在上世纪90年代中后期忽然某一天就变成了八版，然后是十六版，再之后甚至到一百几十个版。在2000年前后，我家餐桌上每天的报纸都堆成高高的一垛，如果一个星期没看，就得花一整天才能草草翻完。

那时纸媒是风口，满耳朵听的都是“创刊”“扩版”“增刊”“广告”。十数年之后，却出现了报纸关张潮，最初闭刊还会有一篇壮怀激烈余音绕梁的辞别感言，到后来草草收场甚至连休刊词都不发了。就像股市有涨有跌，行业的兴衰实属正常，再看看生活中，这样的波动岂不随处可见？然而，在某个特定的时间节点，这条曲线给身处其中的每一个人带来的都是非同一般的影响。《月色朦胧》写的正是媒体人在这个情形之下叠加新冠疫情心里产生的波澜和震颤。

《阳台上的鳗鱼》

1984年我来到北京，那时还没有“北漂”这个词。我带着一只箱子和一张分配通知书，就在这里落地生根。北京是一个包容性很强的城市，在这里不管你来自哪里，操什么口音，有钱没钱，有没有户口，住的是自己的房子还是租来的房子，似乎没有人歧视你，至少我自己的体会是如此。《阳台上的鳗鱼》写的是一个北漂女孩在一个冬天里遇到的人与事——冬天很冷，而人情温暖。

房东孙先生夫妇是生活在这个城市里最普通的居民，同样来自外地，他们有自己的处事方式，夫妻两个也有各自的秘密，他们善良，真实，友好，就如同我们的邻居、朋友和家人一样。我就是想写写他们怎样生活，怎样做人，不是结论，更像是一个过程，这是我感兴趣的。

一点感想

我是在不会写的时候开始写小说的。这不是谦虚的话，也许应该这样说，我没有学过如何写小说。我后来才知道，学过和没学过是完全不同的。我在卡佛的访谈中读到，“我开始写，按照一种自然的进程向前走，多数情况下我意识不到它的去向，直到我抵达了那里”，我和他几乎完全一样，所不同的是，他是学过如何写小说的。这本书中收录的这三篇小说的共同之处是它们几乎都是自然生成的。

我注重小说的内容和意思，你像推土机一样碾压过去，你一定要改变点什么，留下点什么，要不然就是白忙一场。白忙不可怕，可怕的是你会丧失信誉，之后再出作品别人可能就失掉了兴趣，就像听了好几遍“狼来了”，等狼真的来了，人家可能充耳不闻。这才是可惜和可悲的。

我个人认为小说要讲故事，但一定不能只讲故事，那种就像是如实的讲述不仅动人而且有吸引力，坚如磐石的真诚永远不可或缺。

2021.12.28

图书在版编目(CIP)数据

月色朦胧 / 程青著 . —杭州 : 浙江文艺出版社，2022.5

ISBN 978-7-5339-6780-2

Ⅰ.①月… Ⅱ.①程… Ⅲ.①中篇小说—小说集—中国—当代 Ⅳ.①I247.5

中国版本图书馆CIP数据核字(2022)第024467号

责任编辑 丁 辉 正文插图 汪晓君
责任校对 许红梅 装帧设计 @Mlimt_Design
责任印制 张丽敏 营销编辑 张恩惠

月色朦胧

程青 著

出版发行 浙江文艺出版社
地 址 杭州市体育场路347号
邮 编 310006
电 话 0571-85176953(总编办)
0571-85152727(市场部)
制 版 杭州天一图文制作有限公司
印 刷 浙江海虹彩色印务有限公司
开 本 787毫米×1092毫米 1/32
字 数 104千字
印 张 6.75
插 页 5
版 次 2022年5月第1版
印 次 2022年5月第1次印刷
书 号 ISBN 978-7-5339-6780-2
定 价 49.80元